MALRAUX ET LE BANGLADESH

MICHAËL DE SAINT CHERON

MALRAUX ET LE BANGLADESH

nrf

GALLIMARD

À Claire de Fleurieu, affectueusement.

À la mémoire de Sophie de Vilmorin.

André Malraux et Bangabandhu Sheikh Mujibur Rahman
lors de la visite officielle
d'André Malraux le 21 avril 1973.

PROLOGUE

En décembre 1970, la Ligue Awami de Mujibur Rahman (1920-1975) remporta les premières élections générales libres au Pakistan oriental. La création de cette province remontait au 14 août 1947, quand le Royaume-Uni avait présidé à la partition du sous-continent indien en rattachant le Bengale oriental au Pakistan sur des considérations confessionnelles, sans tenir compte de ses spécificités ethniques, économiques, politiques et sociales.

La Ligue avait été créée en 1949 par Mujibur Rahman, alors âgé de vingt-neuf ans, qui prônait déjà l'indépendance du Bengale oriental (renommé Pakistan oriental en 1956). 2 400 kilomètres séparaient Karachi (Pakistan occidental) de la capitale de la province orientale, Dacca (ou Dhaka). 2 400 kilomètres donc... avec, entre les deux territoires du pays, l'Inde qui s'étend dans toute sa largeur avec ses 1 700 kilomètres depuis la frontière indo-pakistanaise dans l'État du Cachemire jusqu'à sa frontière orientale avec le futur Bangladesh.

Mais le général Yahya Khan, président du Pakistan, n'accepta pas la volonté séparatiste des Bengalis et invalida les résultats. Mujibur proclama pourtant l'indépendance de son pays le 25 mars 1971 ; il fut arrêté la nuit suivante. Commença alors la longue guerre civile qui opposa les forces indépendantistes à la puissante armée pakistanaise. Le président Khan déclencha l'*Operation Searchlight*, dont les premières cibles étaient les intellectuels et les hindous. La guérilla Mukti Bahini et les troupes bengalies furent bien vite démunies face à l'armée d'occupation, qui entreprit une véritable guerre d'extermination.

C'est dans ce contexte dramatique que le gouvernement provisoire du Bangladesh s'installa à Calcutta pour assurer sa propre sauvegarde et alerter le monde libre. Vers l'été 1971, on comptait déjà dix millions de réfugiés en Inde et plus d'un million de morts. Les intellectuels indiens et bangladais orientèrent d'abord leur action de communication vers le monde anglo-saxon — Grande-Bretagne et États-Unis. Le président Richard Nixon, conseillé par son célèbre secrétaire d'État Henry Kissinger, se méfiait beaucoup d'Indira Gandhi qui, dans la perspective d'un proche conflit, s'était rapprochée des Soviétiques durant l'été pour signer un traité d'assistance militaire. Or, en cette année 1971, les grandes voix américaines pour la liberté et la paix étaient encore toutes mobilisées par la guerre du Vietnam et par la demande pressante du retrait des États-Unis de cette guerre monstrueuse, commencée en 1968 ; et ce n'est qu'en 1973 qu'un accord de cessez-le-feu fut signé entre les Américains et les Vietnamiens. Dans ce contexte international très tendu, les Indiens étendirent leur communication et pensèrent à alerter des personnalités françaises et allemandes de premier plan. Mais, à notre connaissance, aucune grande voix d'Allemagne ne se fit entendre durant ces mois cataclysmiques.

L'engagement d'André Malraux, durant l'été et l'automne 1971, dans ce qui devait devenir son dernier geste politique historique suscita de multiples réactions et fut en particulier salué par certaines grandes figures en Inde, au Bangladesh puis en France. Et pourtant le nom d'André Malraux n'était connu à Dacca que de très rares intellectuels francophones, à l'image du jeune professeur Mahmud Qureshi. Il était plus familier à quelques personnalités indiennes, au premier rang desquelles le poète Raja Rao, Jayaprakash Narayan — en qui l'écrivain voyait l'un des successeurs de Gandhi — et Indira Gandhi, élue Première ministre depuis 1966. Il n'en allait pas de même pour « Bangabandhu » (« Ami du Bengale »), Sheikh Mujibur Rahman, ni pour le premier président de la République populaire du Bangladesh, Abu Sayeed Chowdhury, juriste de formation. En France, des centaines de jeunes, mais aussi d'anciens de la Résistance ou d'autres combats militants, étaient prêts à suivre Malraux. Parmi les jeunes intellectuels, il y avait Bernard-Henri Lévy, tout jeune agrégé de philosophie.

Deux ans plus tard, le Bangladesh organisa, grâce à l'invitation officielle d'Indira Gandhi, un voyage triomphal pour honorer et remercier l'écrivain, ancien ministre d'État du général de Gaulle. Pour la première fois dans les annales de la télévision française, une équipe fut montée, à l'initiative du documentariste Philippe Halphen, pour suivre André Malraux, deux semaines durant, tout au long de son périple qui le mena de Delhi à Bénarès et Khajuraho, puis de Calcutta à Dacca, la capitale du Bangladesh, et enfin durant sa dernière étape au Népal. Ce film documentaire fut diffusé par l'ORTF en deux parties les 6 et 13 juillet 1973 puis rediffusé quinze jours plus tard. Cette émission,

« Plein cadre. Spécial André Malraux », fit naître une commune admiration pour l'écrivain chez mon frère François et moi-même, alors respectivement âgés de quatorze et dix-huit ans.

En cette année du cinquantième anniversaire de la guerre d'indépendance et de la naissance de l'État souverain du Bangladesh, le moment m'a semblé venu de présenter pour la première fois l'ensemble des pièces du dossier en ma possession. Sophie de Vilmorin puis, à sa mort, Claire de Fleurieu, sa fille, nous ont offert certaines pièces d'abord destinées à rejoindre le Fonds André-Malraux de la Bibliothèque littéraire Jacques-Doucet (Paris), qui possède déjà toute une partie de ce dossier. Tous les documents du dossier personnel d'André Malraux sont entre mes mains : ses propositions pour la conférence de Delhi du 20 septembre 1971, ses notes pour Indira Gandhi et les autorités du Bangladesh, ses écrits sur l'organisation de l'École de guerre dans la création de laquelle il comptait s'impliquer durant sa mission du 15 décembre, devenue caduque du fait même de la guerre éclair que lança Indira Gandhi le 3 décembre. Au milieu de cette crise, Malraux publia sa fameuse « Lettre ouverte » à Richard Nixon sur le Bengale, à la suite de laquelle, en février 1972, il se vit invité à Washington par le président américain, à la veille de la rencontre de ce dernier avec Mao Zedong.

On voit combien ces événements du Bangladesh, dans lesquels Malraux semblait ne pas vouloir s'impliquer, ayant passé l'âge des brigades, des combats et des armes, prirent de fil en aiguille une place capitale dans les six dernières années de sa vie.

À la question « Pourquoi le Bangladesh ? », et parmi toutes les hypothèses que nous émettrons, une seule pourrait être finalement la bonne réponse : celle que

Malraux fit quinze ans plus tôt à Robert Mallet, chancelier des Universités de Paris. Durant l'été 1956, ce dernier avait été reçu à son domicile de Boulogne par l'écrivain pour lui parler de ses livres d'art. C'était l'heure où l'État d'Israël, qui n'avait que huit ans d'existence, était gravement menacé par la coalition arabe. Malraux confia à son visiteur : « Il faut toujours choisir d'aller là où on se croit le plus utile. Et l'on ne sait jamais, chaque soir, si le lendemain on ne devra pas faire un autre choix. » Et Robert Mallet, quelque peu éberlué, d'ajouter à son récit : « Je pensais m'entretenir avec le collectionneur de souvenirs et d'œuvres d'art. J'étais en présence du soldat[1]. »

Il y a eu de toute évidence chez Malraux un attachement viscéral à trois pays : l'Espagne, l'Inde et Israël[2]. Il ne s'est battu qu'en Espagne mais ce rêve, devenu la réalité et l'honneur de ses trente-cinq ans, redevint réalité en 1943 durant la Seconde Guerre mondiale et l'épopée de la Résistance intérieure, quand il eut conscience d'avoir « épousé la France ». C'est alors que Malraux accepta de commander la brigade Alsace-Lorraine, qui fut l'autre fait d'armes de sa vie. Il les portait en lui et, à deux seules reprises, le destin le rattrapa, pour Israël très furtivement puis, de façon beaucoup plus spectaculaire, pour le Bangladesh en 1971. Il y a vu l'aboutissement de son admiration, quelque peu déplacée et sans doute aussi faussée, pour l'Inde gandhiste, qui symbolisait pour lui l'exemple suprême d'une révolu-

1. « Des images assez puissantes pour nier notre néant », *La Nouvelle Revue française*, Hommage à André Malraux, juillet 1977, p. 171-185.

2. Israël reste une énigme car Malraux, deux fois invité comme ministre, ne s'y est pas rendu, pas plus qu'à l'invitation du Père Bockel après 1969. Voir *Malraux et les Juifs. Histoire d'une fidélité*, Desclée de Brouwer, 2008.

tion non violente. Il l'opposait à la grande révolution prolétarienne bolchevique et la distinguait pour toujours de l'idéal maoïste, qui fascinèrent, l'une et l'autre, tant d'intellectuels de gauche, qui ne se sont battus ni en Espagne ni en France. Mais lui, Malraux, ne choisit jamais le camp maoïste et ne fut que peu de temps compagnon de route critique des Soviétiques, si longtemps staliniens. Il fut, oui, du côté des victimes du stalinisme ; et parmi les plus importants intellectuels français du XXe siècle, il revendiqua, quasiment seul, jusqu'à la fin l'indépassable admiration pour l'Inde et la personne de Gandhi — quand tant d'intellectuels, aveuglés par Mao, feignaient de ne pas reconnaître sa folie meurtrière.

Il reste un étonnement majeur à propos de son rapport au Bangladesh, comme Bernard-Henri Lévy a pu le souligner par ailleurs : il s'agit d'un pays musulman et non hindou, sauf pour une infime minorité de sa population. Mais dans l'imaginaire malraucien, il appartenait *de facto* à « la civilisation indienne », et si on est venu le chercher, c'est aussi pour cela. Avant les intellectuels du Bengale oriental, ce sont les intellectuels de l'Inde qui sont venus à lui. Si Malraux avait toujours été fasciné par l'Inde, c'était à travers l'hindouisme, le bouddhisme, l'art et la pensée du vedanta, des Upanishad puis du Bouddha. Il était beaucoup moins proche de la pensée comme de l'art musulmans du sous-continent. Salah Stétié alla jusqu'à écrire que Malraux avait raté sa rencontre avec l'islam. De fait, il n'eut aucun mot pour évoquer la culture islamique du Bangladesh durant son voyage de 1973, sauf devant la caméra de Philippe Halphen, lorsqu'il fit un rapprochement entre Mujibur et Aladin.

Dans sa lettre datée du 11 décembre 1971, soit un mois après sa rencontre éclair avec Indira Gandhi à

Paris (venue chercher dans les capitales européennes comme à Washington un soutien qu'elle n'a pas trouvé), Malraux s'en explique : « Vous savez, Madame, que cette lettre n'est dictée que par ma vieille passion pour le génie de votre pays et que je n'ai rien à souhaiter et rien à attendre[1]. » Ces deux lignes disent tout de l'engagement rêvé, mais aussi vécu à un certain plan, par l'écrivain-combattant.

Dans son *Malraux le malentendu,* paru en 1986, André Brincourt consacre cinq pages aux deux derniers voyages en Inde de 1973 et 1974, qu'il ouvre par une réflexion sur le Bangladesh. Il y a vu ce que personne sans doute n'a vu, avec un mélange d'intuition, de profondeur et d'esprit critique. Il isole le voyage du Bangladesh du voyage aux Indes pour écrire : « Les deux voyages auront un tout autre aspect. Pas seulement à cause du prétexte (docteur *honoris causa* de l'université de Rajshahi en 1973 et Prix Nehru pour la compréhension internationale en 1974). Cette fois ce sont les dieux qui le convoquent[2]. » On peut ne pas être d'accord avec sa présentation du premier voyage. Rajshahi n'est pas le prétexte ; ou autrement dit le voyage au Bangladesh n'est pas le prétexte de celui en Inde, c'est le contraire. Le voyage en Inde et au Népal est devenu le prétexte ou disons l'alibi de la destination première qui était le Bangladesh. Mais outre les dieux du panthéon hindou, je dirais bien que ce furent les dieux aussi qui se mêlèrent de la destination première. « L'incroyable, l'étrange, l'émouvant sursaut de l'homme

1. Les lettres citées dans ce livre sont conservées dans le Fonds André-Malraux de la Bibliothèque littéraire Jacques-Doucet (BLJD), à Paris.

2. Grasset, 1986, p. 198-202.

d'action qui, au soir de sa vie, physiquement épuisé, l'engage à défendre la cause du Bangladesh, répond-il à une nécessité intérieure, à ce besoin de réaffirmer, au regard du monde, l'honneur et le privilège d'appartenir au grand ordre des chevaliers de l'ombre ? Malraux n'a jamais manqué de courage. [...] Les impairs et les faux pas n'écartent ici ni la lucidité politique ni la part de romantisme. [...] L'idée de lever une légion n'est certes pas rationnelle, mais l'Inde avait précisément chez Malraux ce pouvoir d'éveiller l'irrationnel[1]. »

« Est-ce si fou ? » interpellait Robert Escarpit dans son billet du *Monde* daté des 19 et 20 septembre 1971. « Il ne faut pas sourire de l'initiative d'André Malraux, même si elle paraît un peu farfelue. [...] Est-ce si fou de retrouver à soixante-dix ans les engagements de sa jeunesse ? Est-ce si fou de vouloir, au risque précisément de faire sourire, donner à un peuple opprimé autre chose que de pieuses et éphémères pensées ? »

Le chevaleresque allié à un mélange de « lucidité politique », de romantisme et peut-être de folie aussi sont les traits qui ont façonné le caractère de l'écrivain-combattant et qui se sont trouvés réunis dans le dernier acte flamboyant de sa vie — si l'on met à part la tentative d'incarnation de son Musée imaginaire à la Fondation Maeght, à Saint-Paul-de-Vence, à l'été 1973.

Le 17 mai 1976, quelque six mois avant la disparition d'André Malraux, *L'Alsace* titrait encore à sa une : « Malraux parle de l'Asie future et des relations entre le Bangladesh et l'Inde. » Cet entretien avec son ami Patrice Hovald était illustré d'une magnifique photo de l'écrivain en compagnie de Sheikh Mujibur Rahman, prise à Dacca le 21 avril 1973, Mujibur qui fut

1. *Ibid.*

assassiné avec une partie de sa famille par l'armée le 15 août 1975. Cette affaire, dont je vais faire ici le récit, n'aura donc pas quitté l'écrivain durant les six dernières années de sa vie.

L'appel des intellectuels indiens à André Malraux

Août 1971

Sophie de Vilmorin, dans son récit autobiographique *Aimer encore*[1] paru en 1999, ne consacrait pas moins de trois chapitres à la tragédie du Bangladesh et à la manière dont elle fit effraction dans la retraite paisible de Malraux après la mort de Louise de Vilmorin, tante de Sophie, le 26 décembre 1969, puis celle du général de Gaulle le 9 novembre 1970, et avant la maladie de l'écrivain déclarée en novembre 1972[2]. La reporter Brigitte Friang, amie de l'écrivain gaulliste depuis la création du Rassemblement populaire français (RPF), avait déjà fait part en 1977 de sa version des faits dans un livre intitulé *Un autre Malraux*[3]. Son ami lui ayant demandé d'être son attachée de presse dans la perspective d'une intervention au Bangladesh, elle s'était

1. Gallimard, 1999 (repris en « Folio », 2001).

2. Il s'agit des chapitres « Le drame du Pakistan oriental », « Le Bangladesh » et « Voyage au Bangladesh », au cœur du livre. Le chapitre « Deuxième croisière » (7-21 octobre 1971) se termine avec le retour de l'actualité du Bangladesh. Enfin, le chapitre « Le prix Nehru — Bombay » revient une dernière fois sur le Bangladesh.

3. Plon (collection « Espoir »), 1977.

tenue prête à l'accompagner, l'heure venue, à l'automne 1971. Mais rien ne se passa comme prévu.

Comme on l'a rappelé, le Bengale oriental avait été arbitrairement rattaché au Pakistan (République islamique du Pakistan) lors de sa création en 1947. Vingt-quatre ans plus tard, dans la nuit du 25 mars 1971, l'armée pakistanaise du président Yahya Khan entra en action pour éteindre la révolte naissante qui régnait dans la contrée orientale du pays. Les élections avaient donné la victoire à Mujibur Rahman, partisan de l'indépendance du Bangladesh. La riposte de Karachi fut d'une extrême violence, faisant vingt mille morts uniquement à Dacca dans les jours qui suivirent le 26 mars. Au cours des neuf mois suivants, au moins un million de victimes civiles furent dénombrées[1]. Sans recul possible, Malraux évoquait trois millions de morts, s'appuyant sur des sources bangladaises. Indira Gandhi, alors Première ministre de l'Inde, tenta d'alerter le monde sur le massacre en train de se perpétrer dans l'indifférence générale.

Début août 1971, au retour d'une croisière au Spitzberg avec Sophie de Vilmorin, André Malraux trouvait dans son courrier ce qui constitue la toute première pièce du « dossier Bangladesh » : une circulaire ronéotée tenant lieu d'invitation à une conférence internationale sur le Bangladesh par le romancier et cinéaste Zahir Raihan, secrétaire général du *Bangladesh Liberation Council of the Intelligentsia* (Conseil des intellectuels pour la libération du Bangladesh). Convier une personnalité telle qu'André Malraux à une conférence de cette importance aurait peut-être mérité plus de formes. Ce que Malraux, piqué au vif, fit remarquer sans détour à son solliciteur :

1. https://www.amnesty.org/fr/latest/news/2009/04/un-provides-welcome-support-bangladesh-war-crimes-investigations-20090/

Monsieur le Secrétaire général,

Je n'ai pas l'habitude de recevoir des circulaires, et n'en recevais pas lorsque j'étais, dans l'Inde, l'invité du président Nehru. Je réglerai donc, si vous le voulez bien, les terribles problèmes auxquels vous avez voué votre activité et que je connais de reste, soit avec M. Narayan, soit avec l'ambassadeur de l'Inde. [...]

André Malraux, ancien ministre d'État

Le 25 août, ce fut au tour de M. Dwarka Nath Chatterjee, ambassadeur de l'Inde en France, de demander un nouveau rendez-vous à l'ancien ministre, puisqu'ils s'étaient déjà rencontrés une première fois le 27 mai. Le 31 août, il revint à Verrières-le-Buisson, puis le 17 septembre et plusieurs fois en 1972 et 1973. Il avait utilisé les formes de l'art de la diplomatie pour rédiger sa lettre :

Monsieur le Ministre,

Sous la présidence de Shri Jayaprakash Narayan, *The Gandhi Peace Foundation* organise une conférence internationale qui aura lieu les 18, 19 et 20 septembre 1971 et comme thème BANGLADESH.

The Gandhi Peace Foundation s'estimerait honorée si vous acceptiez d'être présent à cette conférence en tant qu'invité. La Fondation espère réunir les éminents intellectuels et les leaders d'opinion publique de divers pays. [...]

J'espère sincèrement, étant donné votre attachement à la cause de la liberté et de l'humanitarisme, que vous voudrez bien — sauf empêchement imprévu — accepter cette invitation.

L'ambassadeur, se réclamant cette fois de Jayaprakash Narayan[1] et de *The Gandhi Peace Foundation*, ne pouvait qu'être entendu par Malraux.

Sur cet épisode, le témoignage de Sophie de Vilmorin est précieux. Pour être irrécusable de sincérité, il peut toutefois être relativisé à la lecture des documents constituant le présent dossier.

> Je tiens à poser clairement qu'André Malraux menait sans moi sa vie professionnelle ou officielle. J'avais beau travailler pour lui tout le jour et partager de plus en plus sa vie privée, je n'en étais pas pour autant la confidente de ses émotions. J'ai donc été très étonnée lorsque, un soir de septembre, il m'a dit :
>
> — Je suis extrêmement ennuyé. Indira Gandhi m'a invité à participer à une table ronde d'intellectuels, qu'elle organise pour essayer de résoudre le problème du Pakistan. Je n'y crois pas. Aussi, j'ai écrit pour refuser, disant que les paroles ne servaient à rien, que seule l'action était efficace. Ma réponse a été interprétée comme si je voulais aller me battre, et elle a été publiée dans les journaux !
>
> — Mais qu'est-ce que vous allez faire ?
>
> — Pour le moment, je ne peux pas m'en sortir.
>
> Et il a fait semblant.
>
> Jamais plus André Malraux ne m'a parlé de ce qu'il ressentait dans cette affaire insensée. Il jouait le jeu. Il aimait la renommée, et la situation lui en apportait beaucoup[2].

En 1971, Sophie de Vilmorin n'assurait pas le secrétariat d'André Malraux, qui était alors entre les mains

1. Nous utiliserons cette orthographe qui est celle employée par Malraux.

2. *Aimer encore, op. cit.*, p. 63 et suivantes.

de Corinne Godfernaux, l'épouse de Sosthène de Vilmorin, neveu de Louise de Vilmorin. Cela explique que Sophie, qui ne s'occupa de ce secrétariat qu'à partir de février 1972, n'ait pas pu voir les lettres que nous citons ici ; son témoignage en aurait peut-être été différent. Voici donc ce qu'André Malraux répondit à la sollicitation de Narayan, interlocuteur qu'il qualifiait dans une note de travail comme « l'une des deux plus hautes figures spirituelles de l'Inde : l'un des successeurs de Gandhi » :

> Il reste que vous êtes engagé dans un des plus grands drames du monde (ça vous ressemble, et c'est bien) et que je dois vous aider autant que je pourrai.
>
> Essayons de préciser. J'ai reçu des circulaires du mouvement (quel mouvement ?) de défense du Bengale. Héritage de ce que faisaient les Russes en 1935. Inutile aujourd'hui.
>
> J'ai reçu la visite de l'ambassadeur de l'Inde[1]. Très sérieux, et apportant de vrais documents.
>
> Les gens à pétition croient que leur activité aura un sens. Ils se réfèrent d'abord aux Nations unies. Vous savez comme moi que tout cela est négligeable.
>
> Qu'est-ce qui ne l'est pas ? L'organisation militaire du Bangladesh. Ou bien il acceptera les « batailles rangées » avec le Pakistan et se fera exterminer ; ou bien il organisera sa guérilla, et le Pakistan sera battu. Même les États-Unis n'ont pas écrasé le Viêt Nam. [...]
>
> Jayaprakash Narayan, c'est à vous que j'écris, non à une organisation de propagande. Vos amis (sauf, pour ceux que je connais, l'ambassadeur de l'Inde) se trompent : le Bangladesh ne doit pas faire appel au libéralisme anglo-saxon d'il y a quarante ans, mais à sa

1. La première visite de l'ambassadeur Chatterjee à Verrières-le-Buisson date du 27 mai 1971.

propre fermeté. Il ne s'agit plus de décoratif, mais de : on nous tuera peut-être, on ne nous vaincra pas. C'est sur cette affirmation, non sur une autre, que vous trouverez l'aide que vous attendez.

Voilà ce que je pense. J'aimerais savoir ce que vous en pensez vous-même. Je puis aller vous rencontrer aux Indes, même sans congrès : la chose en vaut la peine, et sans doute pourrions-nous faire ensemble des choses plus efficaces que des congrès. Au surplus ce n'eût pas été à un congrès que j'aurais rencontré les chefs de maquis, et j'aurais grand besoin de les connaître.

Malraux s'exprime là avec la fermeté et la justesse héritées des expériences du « coronel » de l'escadrille España autant que du colonel Berger de la brigade Alsace-Lorraine. Cette lettre est à l'origine de toute l'affaire qui nous occupe, comme l'explique l'écrivain dans une note manuscrite : « Narayan a donné cette lettre aux journaux de l'Inde, qui l'ont publiée en tout ou en partie. Elle a été publiée aussi, me semble-t-il, dans quelques journaux français, dont *Combat.* » Sur une autre de ses notes, il précise : « Au sujet de la conférence de Delhi sur le Bangladesh (et sans doute après ma lettre à Narayan), visite de l'ambassadeur. Pour écarter toute possibilité d'équivoque, j'envoie le lendemain à l'ambassadeur une lettre dont voici les passages principaux[1]. »

Qu'André Malraux n'ait eu aucune intention de repartir se battre à près de soixante-dix ans, comme le laissent entendre les souvenirs de Sophie de Vilmorin, se conçoit bien. Mais il semble s'être interrogé sérieusement sur son engagement total et l'éventualité de sa

1. Voir Annexe I, documents 1 p. 152 et 2 p. 154.

mort pendant ces quelques mois. Le 9 août 1971, il écrit à son ami Raja Rao : « Pour des raisons graves, je voudrais savoir ce que vous pensez du Bengale. Question vague qui appellerait une réponse sans fin. La question précise est : il semble que la cause en vaille qu'on meure pour elle. Oui, ou non ? » L'écrivain indien prit en tout cas très au sérieux la question de Malraux, comme les premières lignes de sa réponse l'expriment avec force : « Quelle admirable chose que de recevoir des lettres telles que les vôtres, qui s'expriment dans le souffle du destin. Il y a une si grande pauvreté de compréhension dans le monde entier, resserré dans les replis du temps, où chacun refuse de faire abstraction de son petit moi pour considérer le plus noble dessein de l'homme. »

Après quoi Raja Rao indique à Malraux qu'il a télégraphié à Indira Gandhi, lui demandant d'accepter son offre de combattre, ajoutant : « Elle comprend parfaitement le sens profond de la phrase : “La cause vaut qu'on meure pour elle”. » La fin de sa lettre est tout aussi étonnante : « Je répète que vous êtes le seul homme sur terre qui puisse dire sur le Bengale quelque chose qui sera écouté par tout le monde en Orient et en Occident. »

Être André Malraux le jour où il reçut cette lettre !

L'Appel d'André Malraux pour le Bangladesh

Septembre 1971

Un tournant s'est-il produit chez Malraux ? A-t-il transformé, en quelques jours seulement, « un destin subi en destin dominé », pour reprendre les termes des *Antimémoires* et qui pourraient avoir été sa devise ?

Tout porte à le croire. Le 30 août 1971, à la veille de la deuxième visite de l'ambassadeur M. Dwarka Chatterjee, Malraux lui écrivait qu'il n'était pas d'accord « avec ce projet de conférence [qui] ne servira qu'à donner bonne conscience à des intellectuels qui écriront des articles, pendant que le Pakistan mettra en place ses chars ». Puis il ajoutait :

> Le Bengale n'est pas nécessairement un pays de résistance non violente. Il peut être, il doit être, un pays de résistance tout court.
>
> [...] Ne parleront sérieusement au nom du Bengale que les intellectuels qui combattront pour lui.
>
> J'ai, vous le savez, une expérience militaire qui n'appartient guère aux écrivains. Je suis prêt à prendre un commandement militaire au Bengale (sous direction bengalie, évidemment). Ou, à la rigueur, à parler pour le Bengale à l'ONU. Ce ne serait possible qu'en liaison

avec l'Inde, puisque j'ai quitté le gouvernement français avec le général de Gaulle.

Ce n'est pas facile. Ce n'est pas insurmontable. Toute autre action me semble vaine.

Cette lettre semble bien contredire tout ce que Malraux a dit lui-même à Sophie de Vilmorin quelques semaines plus tard. Elle va devenir ce qu'il est convenu d'appeler l'« Appel de Malraux pour le Bangladesh ». L'écrivain se démarque, avec une jubilation bien perceptible, de la plupart de ses pairs. Du reste, les Zahir Raihan, Narayan ou Raja Rao ne sont pas allés chercher les Sartre, Aragon, Simone de Beauvoir… ni Foucault ni Lévi-Strauss, pourtant des gloires incontestées en France et dans le monde ! Non, ils ont pensé au seul Malraux, contesté de tous ou presque tous pour avoir endossé en 1958 les habits de ministre d'État de tous les gouvernements de Gaulle. Et parmi les rares qui répondirent à Narayan, n'oublions pas de nommer Pierre Mendès France qui, dans sa réponse également rendue publique, se disait « bouleversé par la cruelle épreuve traversée par le peuple du Bengale[1] ». La grande majorité des écrivains, philosophes, penseurs, étaient du côté du Pakistan, appuyé par Mao Zedong.

André Malraux a-t-il changé d'avis ? A-t-il perdu la mémoire en se disant « extrêmement ennuyé » par cette affaire ? Ou n'était-il pas juste un peu mythomane ? Ce n'est pas tous les jours que l'on est venu chercher Malraux pour lui demander de venir au secours d'un peuple que l'on exterminait.

1. « André Malraux offre de se battre à la tête d'une unité du Bangladesh » par Georges Bratschi, dans *Tribune de Genève*, 18-19 septembre 1971.

Avec sa profondeur et son humour, doublés de sa vieille complicité avec l'ancien colonel Berger, le père Pierre Bockel, aumônier de la brigade Alsace-Lorraine devenu archiprêtre de la cathédrale de Strasbourg, lui écrivait le 27 septembre : « Votre initiative de départ — et de témoignage de départ dans le témoignage — ne me surprend pas. L'amitié et l'admiration que je vous porte me permettent de comprendre l'insolite grandeur de ce geste et cet ultime message de liberté. » On imagine la surprise, pour ne pas dire plus, de Bockel quand il découvrit dans la presse le geste de son vieil ami. Dans sa réponse à Bockel, en date du 4 octobre, l'écrivain dramatise à l'excès, en écho à ce qu'il avait écrit à Raja Rao :

> Sachez que dans tout ce que je fais, en face de ce qu'il faut bien appeler le destin du monde, je me sens plus légitime quand je me sens avec vous.
>
> Combien de temps encore ? Peu importe. Pour des raisons obscures, et si vous êtes au Sahara et moi au Bengale, nous mourrons ensemble — et vous m'aiderez à mourir noblement.

Je me souviens qu'en 1977, dans son salon à l'archevêché, le père Bockel nous a dit, à mon frère François et à moi : « Je ne vois pas du tout pourquoi il voulait que je meure. » La formule de l'écrivain était rhétorique ; mais on ne fera croire à personne que les lettres à Rao et Bockel n'étaient que cela. Elles disaient ce à quoi Malraux pensait, secrètement ou non : mourir en héros.

Mais si son désir d'engagement pour la défense de la liberté des peuples était si grand, pourquoi n'avait-il pas élevé la voix en 1949 lorsque l'armée rouge de Mao avait pris le pouvoir au Tibet dans un bain de sang, obligeant le dalaï-lama à l'exil ? Lorsqu'en 1956 les chars soviétiques étaient entrés à Budapest ? À Prague, en 1968 ? Pendant la guerre d'Algérie ou pendant l'horrible guerre du Biafra ? La question n'a pas de réponse simple. En 1956, Malraux s'était dit prêt à former une légion de volontaires juifs et non juifs au moment où le blocus du canal de Suez menaçait la survie même d'Israël. L'ancien Premier ministre puis président de l'État d'Israël Shimon Peres a pu en témoigner à plusieurs reprises à l'occasion de son voyage d'État en France, en 2008. Mais personne ne peut nier que, depuis 1945, il avait abandonné les armes pour un autre combat, plus politique celui-là, dans l'ordre des idées, des grandes causes liées à la culture, à l'art, au dialogue des civilisations, à l'indépendance des pays d'Afrique anciennement colonisés, au rôle de la France dans le monde, au service du gaullisme.

La réception de l'Appel

Septembre 1971

Dès la mi-septembre 1971, les radios et les tabloïdes, relayés par les télévisions, bruissaient non plus d'une rumeur, mais bel et bien d'un Appel de Malraux en faveur du Bangladesh.

Certains journalistes, surtout en France, durent se demander « Pourquoi le Bangladesh ? », à l'image de ce correspondant qui se vit répondre par l'écrivain le 6 octobre 1971 : « Mais, Monsieur, ni le Biafra, ni Haïti ne m'ont rien demandé ! Quant aux qualités et aux défauts du Bangladesh, je ne choisis pas entre les victimes[1]. »

Cette question, Malraux se l'était déjà posée à lui-même quatorze ans plus tôt, en 1957, lors d'un entretien avec Françoise Giroud un an après l'intervention soviétique à Budapest. Si elle n'osa pas l'interpeller frontalement, il prit les devants, en répondant par prolepse à une question qu'elle ne lui posait pas : « Dites-le carrément : qu'est-ce que vous foutez avec les statues égyptiennes au lieu de vous occuper des Hongrois et

1. Lettre adressée à Jean Leke, dossier « Bangladesh », Fonds André-Malraux, BLJD.

des Algériens ? C'est ça ? Je m'en expliquerai un jour. Bientôt peut-être[1]. » Sa nomination comme ministre en 1958 puis ministre d'État en janvier 1959, avec la création du ministère des Affaires culturelles, lui tint-elle lieu de réponse ?

Même si une grande partie de ce que l'on a coutume de nommer l'intelligentsia française, à l'exception d'Albert Camus, avait tourné le dos à Malraux depuis qu'il était devenu ministre d'État de De Gaulle, la presse, elle, l'avait suivi dans ses grandes heures de ministre, et particulièrement salué à l'automne 1967, au moment de la publication des *Antimémoires.* Les grands journalistes étaient-ils bluffés de retrouver sous un nouvel avatar l'auteur de *La Condition humaine* et de *L'Espoir* ? Comment cet homme de soixante-neuf ans pouvait-il encore prétendre proposer ses services dans une guerre se déroulant à l'autre bout du monde ?

Jetons donc un regard sur la presse internationale, et en premier lieu sur celle du subcontinent d'où est venue la déferlante.

Le *National Herald,* dans son édition du 11 septembre, titre : « Malraux : Pas besoin de faire appel aux Anglo-Saxons — Le Bangladesh doit se battre comme le Vietnam » (« *Malraux : No use appealing to Anglo-Saxons — Bangla Desh must fight like Vietnam* »). Le 17 septembre, *The Times of India* annonce que « l'écrivain français offre de se battre au Bengale oriental » (« *French author offers to fight in E. Bengal... André Malraux* ») et l'*Hindusthan Standard* précise que « Malraux veut prendre un commandement militaire » (« *Malraux wants to take over military command* »). Plus

1. Françoise Giroud, « La métamorphose d'André Malraux », *L'Express,* 21 novembre 1957.

intéressant est le titre du quotidien de Singapour, *New Nation* : « La proposition de Malraux au Bengale pose un défi aux intellectuels » (« *Malraux's "Bangla aid" offer poses a challenge to intellectuals* »). Le correspondant anonyme à Paris, travaillant pour plusieurs agences de presse d'Asie, après avoir rappelé les trois décennies qui séparent la guerre d'Espagne du conflit au Bengale oriental, écrit : « Mais pour Malraux, l'écrivain français et l'intellectuel le plus en vue, il y a peut-être beaucoup de choses en commun entre les deux événements. » Une photographie de lui avec le ministre des Affaires étrangères de Singapour, lors de son voyage officiel de 1965, illustre la page dans son édition du 22 septembre. Le même article est repris par le quotidien *Nation Bangkok* sous un titre pour le moins loufoque : « Malraux mouche les "intellos" bengalis » (« *Malraux piques the Bengali eggheads* »). Le journaliste écrit : « La déclaration de Malraux contient un message caché pour ces intellectuels bengalis. Une autre personnalité française a apporté la semaine dernière son soutien au Pakistan oriental, c'est Mendès France. Bien moins militant que celui de Malraux, le soutien de Mendès France est tout aussi sans équivoque en faveur du Bangladesh. »

France-Soir dans son édition du 18 septembre titre en une : « Malraux propose d'aller se battre pour les Bengalis » et remet le sujet en première page le lendemain. Edmond Bergheaud, un ancien de la brigade España-Malraux, écrit alors : « Pour Malraux "l'intérêt de l'action est dans ce qu'on fait et non dans ce qu'on dit". » *L'Aurore* titre « Malraux veut repartir en guerre ».

La *Tribune de Genève* publie sur sa couverture une grande photo de Malraux visitant une exposition et intitule son article : « Malraux reprend le flambeau de la liberté. L'auteur de *L'Espoir* (70 ans) offre aux révoltés du Bengale de se battre à leurs côtés. » Georges Bratschi, correspondant du journal suisse à « La Nouvelle-Delhi », intitule son article de fond « André Malraux offre de se battre à la tête d'une unité du Bangla Desh ». Une pleine page de l'édition du 27 septembre de *L'Express* porte pour seul titre « Le choix royal ». Georges Henein, qui signe l'article, n'hésite pas à écrire : « Une affabulation tenace met les mouvements de Malraux au compte de son "romantisme". C'est lui accorder le bénéfice d'une innocence qu'il ne réclame pas. Cet écrivain n'est pas un poète, et, quand les temps se raidissent, il sait écarter les poètes. [...] En réalité, le besoin qui lui permet de dépenser la littérature est celui de l'efficacité. [...] Intervenir à tout venant n'est pas non plus dans son caractère. Il a trop le respect de l'action pour galvauder cette vertu qui assure l'inégalité entre les hommes. »

Newsweek n'est pas en reste, puisque son édition du 11 octobre publie sur une demi-page une photographie de l'écrivain portant comme légende : « *Malraux : A new call to arms* » (« Un nouvel appel aux armes »). Et au Mexique, l'ami Max Lerner, journaliste américain d'origine juive russe, lui aussi un ancien d'Espagne, publiait dans *Excelsior* « Vision de Malraux sur le monde actuel » (« *Visión de Malraux sobre el mundo actual* »). André Malraux le remercia chaleureusement de son article, comme il le fit pour d'autres : « Merci de votre article amical [...]. Maintenant, au Bengale de jouer ! À la veille de ce dernier jeu, je vous remercie de ce que, jadis, vous avez apporté à l'Espagne. » Il est d'ailleurs intéressant de souligner ici la répétition d'un verbe et de son substantif qui renvoient et à l'enfance et au théâtre.

Un quotidien norvégien sous la plume d'une journaliste, Erna Holmboe Bang, titre « Malraux à nouveau sur le terrain » (« *Malraux i felten igjen* ») et salue le courage de l'écrivain et sa détermination. Le quotidien colombien *El Tiempo* rend compte d'un entretien exclusif que l'écrivain donne pour la rubrique « *Lecturas Dominicales* » (« Lectures du dimanche »), qualifiant André Malraux d'« écrivain le plus fascinant de notre temps ». Il incarne, continue l'auteur de l'article, « le type d'intellectuel qui vit la vie à un rythme accéléré. Amoureux des aventures et des entreprises aléatoires. Il était membre de la Résistance durant la Seconde Guerre mondiale. Ministre de la Culture pendant le gouvernement de De Gaulle. Et maintenant, il est possible que nous l'ayons comme leader de la "guérilla" en faveur du gouvernement séparatiste du Bengale. Après avoir écrit une vingtaine de livres universellement publiés, Malraux aurait probablement voulu terminer comme un héros mythologique qui tombe dans l'aire de ses convictions. "L'âme, dit-il dans l'entretien, n'existe qu'indépendamment des valeurs auxquelles elle se réfère. Un miroir qui ne reflète rien, ce n'est rien qu'un bout de verre." Malraux veut être le miroir qui reflète son image profonde et compliquée des valeurs de l'être humain. » « Espérons que l'aventure au Bengale de Malraux ne sera pas son chant du cygne », conclut le signataire du billet, Elfos.

Ainsi, d'un bout à l'autre du monde, le geste de Malraux eut un écho à la hauteur de l'événement. Quelques semaines plus tard, *Paris-Match* consacrait deux pleines pages à l'écrivain, sous le titre : « Des centaines de volontaires répondent OUI à MALRAUX ». Y croyaient-ils ou n'y croyaient-ils pas ?

C'est dans cette atmosphère que, le 25 septembre, Michel Droit consacrait à son ami Malraux son billet diffusé à l'antenne de France Inter :

J'avoue que j'attendais, cette semaine, une certaine presse hebdomadaire au tournant… et pour être encore plus précis, au tournant Malraux.

J'attendais en effet ce qu'elle chercherait, ce qu'elle trouverait à écrire, cette presse hebdomadaire, à propos de la lettre d'André Malraux adressée au président du Congrès pour le Bengale libre, et dans laquelle Malraux dit à celui-ci : « Ne parleront sérieusement au nom du Bengale que les intellectuels qui combattront pour lui. […] »

Donc, j'attendais cette certaine presse hebdomadaire à ce tournant. Et je dois reconnaître qu'à part quelques éclaboussures machinales, mineures et négligeables, je ne l'ai point trouvée. Ce qui est à porter évidemment, non pas à son crédit, mais d'abord à celui d'un André Malraux… Et pour tout dire, plus encore peut-être au crédit d'un certain esprit de résistance, de cette résistance qui est à la contestation ce que l'acceptation du sacrifice est aux propos en l'air.

[…] Difficile en effet de dire, comme ils le répètent depuis onze ans à n'importe quel propos, qu'André Malraux est mort quand André Malraux annonce, précisément, qu'il est prêt à aller mourir pour une cause, pareille au fond à celles pour lesquelles il a toujours, je dis bien toujours, combattu, que ce soit en Chine, en Espagne, en Corrèze et en Alsace.

Mais il y a autre chose d'infiniment plus important que cela. Il y a en effet les centaines et les centaines, pour ne pas dire les milliers de lettres qu'André Malraux a déjà reçues de jeunes hommes prêts à s'enrôler avec lui pour défendre la même cause et livrer le même combat… qui n'est au fond que celui qu'on mène pour être l'homme que l'on veut être, là où précisément on veut l'être.

À la fin de sa chronique, Michel Droit saluait donc ces « milliers de jeunes hommes » et citait à cet effet le personnage de *La Voie royale* : « Ce n'est pas pour sa mort que l'on pense mourir, mais c'est pour vivre… » Et il conclut : « Ce que personne, sans doute, ne leur avait dit, jusque-là, en leur communiquant la certitude qu'il était capable d'aller jusqu'au bout de ses paroles… et ce qui est peut-être la chose qui leur manquait le plus. »

C'était là une voix qui avait compris au plus profond le sens des choses.

Moins d'une semaine après cet hommage de Michel Droit, l'écrivain et journaliste mondain Alfred Fabre-Luce y allait de son faire-valoir en prenant le contre-pied de Malraux dans son article « Actes symboliques », publié dans *Le Monde* du 29 septembre 1971 sous la manchette « Libres opinions ». Certes, il concédait que « l'acte symbolique de Malraux peut contribuer à orienter les événements », non sans se demander pourquoi soudain l'écrivain et ancien ministre de De Gaulle intervenait pour le Bengale alors qu'il n'avait rien fait ni rien dit pour le Biafra, pour le Tibet, pour Budapest, pour Prague. « En généralisant abusivement, Malraux nous rappelle qu'il choisit en fait entre les causes qu'il se propose de servir. » Mais Malraux avait déjà répondu à cette interrogation, comme on l'a vu plus haut. Et Fabre-Luce y allait tout de même un peu fort en ajoutant qu'il était « difficile de distinguer le combat de la littérature et le sacrifice de la publicité ».

Le 22 octobre suivant, le même Fabre-Luce écrivait encore : « Dans *Le Monde* du 6 octobre, un de vos lecteurs, M. Nothomb[1], m'attribue une arrière-pensée qui n'était pas dans mon esprit. Si les chars du Bengale sont encore imaginaires, les avions de la guerre d'Espagne étaient bien réels et André Malraux a manifesté son incontestable courage en participant (comme D'Annunzio pendant la Première Guerre mondiale) à quelques missions de combat. Il était par ailleurs tout à fait naturel que, n'ayant aucune formation technique dans l'arme aérienne ni apparemment aucun désir d'en acquérir une, il se consacrât surtout à d'autres tâches. »

En fait, Paul Nothomb reprochait à Fabre-Luce, connu pour ses sympathies fascistes d'avant-guerre, puis, durant la Seconde Guerre mondiale, pour Pétain et les nazis, de ne s'être pas engagé physiquement, militairement, en particulier dans l'armée franquiste, et d'oser donner des leçons à Malraux.

La polémique retomba d'elle-même. Notons, au demeurant, que dans les coupures de presse conservées par Malraux ne se trouve nulle trace de Fabre-Luce ni, plus surprenant, de la défense de son ami Paul Nothomb.

Malraux avait en effet réuni dans un épais dossier intitulé « Inde — coupures de presse » un ensemble d'articles et de quelques journaux du monde entier, dont un bon nombre de quotidiens indiens, de langue anglaise, que lui adressait l'ambassade de l'Inde à Paris. Dans ce dossier se trouvent aussi quelques notes de l'écrivain sur ses fameuses fiches blanches. Quelques très rares articles portent des traits de crayon rouge.

1. Paul Nothomb était un ancien camarade d'Espagne et de la Résistance d'André Malraux. Il fut un écrivain très engagé.

Sur certains articles sont donc attachées des paperoles comme « aucune importance » ou « pas très sérieux — mais le conserver dans le dossier *Inde*, quitte à l'envoyer à la corbeille dans un mois ».

Dans cette revue de presse internationale, voici encore un entrefilet provenant sans doute du *Figaro* titré « Les Bengalis voudraient que la France les reconnaisse ». On y lit : « Le gouvernement du Bangladesh (Bengale libre) espère que la France le reconnaîtra. La décision d'André Malraux de se joindre aux combattants bengalis a eu un immense retentissement dans mon pays. » L'article se poursuit : « Celui qui parle ainsi est un Bengali de trente-cinq ans, M. Islam, qui, jusqu'au 5 novembre dernier, était premier secrétaire à l'ambassade du Pakistan en Tunisie. » Il s'agit très certainement de Syed Nazrul Islam (1925-1975), mentionné dans un autre article. Après l'arrestation de Mujibur, il fut président par intérim du gouvernement provisoire, puis, après l'indépendance du pays, devint ministre de l'Industrie. Quelques mois après l'assassinat de Mujibur et sa fuite, il fut finalement arrêté puis assassiné à son tour, le 3 novembre 1975.

Parmi les articles à avoir retenu la plus grande attention de Malraux figure la vaste enquête de Jean Lacouture, envoyé spécial à Calcutta et à New Delhi, paru dans *Le Monde* des 9 et 10 novembre (« Bangladesh : L'Exode et la naissance. I. — Dix millions d'hommes en trop » ; « II. — Rien que la guerre »). Le chapeau du premier volet évoque la visite officielle d'Indira Gandhi à Paris qui débute ce 8 novembre. Aussi surprenant que ce soit, on n'y trouve pas un mot sur Malraux, auquel le quotidien consacra un petit article spécial le lendemain, comme nous allons le voir. Sous le second article sont rapportés quelques extraits des « toasts » prononcés par le président Georges Pompidou et Mme Gandhi à l'Élysée, au cours du déjeuner en son honneur. Là non plus, il n'y a pas un mot sur l'engagement de Malraux. Indira Gandhi n'avait-elle pas dit moins d'un mois plus tôt, à New Delhi, lors de sa conférence de presse du 19 octobre, à propos de l'engagement de l'auteur des *Antimémoires* : « Je ne puis qu'admirer une personne que la situation au Bangladesh incite à l'action » (*Le Figaro*, 20 octobre 1971) ? Alors que le lendemain, à 17 h 30, avait lieu une rencontre dont nous reparlerons plus loin. Tels sont, là encore, quelques-uns des mystères de la diplomatie.

Jean Lacouture avait rencontré, à Calcutta, Khandaker Mostaq (ou Mushtaq) Ahmed (1918-1996), vice-président de la Ligue Awami[1]. Malraux souligna en rouge le nom de cet homme, devenu ministre des Affaires étrangères avant la création du Bangladesh libre. Il fut nommé, après l'assassinat de Mujibur, président de la République, du 15 août au 6 novembre 1975. Puis, Malraux coche trois lignes : « à partir de début mai, quelque vingt mille hommes de l'*East Bengal Raffles* (presque tous musulmans) ». La phrase de Lacouture continuait ainsi : « qui avaient préféré déserter que prendre part au génocide, commencèrent à s'organiser ». La phrase précédente a tout autant d'importance : « La première tentative de résistance des autonomistes fut écrasée en quelques jours. »

Puis, à propos des guérilleros du Bangladesh, entre Calcutta et le Gange, Malraux encadra encore ces

1. Jean Lacouture en donne une définition dans son article du 10 novembre 1971. Le « mot signifie plutôt "collectivité dans son ensemble" que "peuple" et implique une sorte d'unanimité ».

quatre lignes : « [leur présence] est, de l'avis de tous les observateurs, beaucoup plus importante au nord, dans le Meghalaya, et surtout à l'est, dans le petit État de Tripura ».

Malraux rêvait-il d'unifier ces différentes unités de guérilleros ?

En revanche, il semble avoir été beaucoup moins intéressé par la dernière partie de l'enquête de Lacouture, concernant ses trois hypothèses quant à l'avenir de la guérilla. Ou bien elle l'emporterait rapidement et « installe[rait] à Dacca un pouvoir non confessionnel encourageant les réfugiés hindouistes (85 % des effectifs actuels) à lui faire confiance et à regagner leur pays », ou bien la guérilla se prolongerait et le combat se radicaliserait, ou, dernière hypothèse, « le conflit s'éternise[rait] et les réfugiés tente[raient] désespérément de s'intégrer aux masses indiennes, leur disputant le riz, le gîte et l'emploi ».

Qui de Lacouture ou de Malraux pouvait penser que, moins d'un mois plus tard, Indira Gandhi s'engagerait militairement dans ce conflit ? Quoi qu'il en soit, peu savaient alors la proportion écrasante de réfugiés hindous en Inde.

Sur une autre fiche du dossier, Malraux a écrit « À classer, dossier important », à propos d'un article du *Figaro,* « Les entretiens de Mme Gandhi à Moscou ».

Sur une page du *Monde* daté du 22 septembre, dédiée au Pakistan oriental et au colloque d'intellectuels auquel Malraux refusa de se rendre, il écrivit en haut à gauche, au crayon à papier : « Dossier secondaire ». Les trois quarts de la page étaient consacrés à une analyse d'un ancien ambassadeur de France en Inde, Jean Daridan. On peut y lire cette analyse : « Sans doute l'Inde veut-elle éviter une guerre à laquelle, tout comme le Pakistan, elle se déclare cependant prête. Il faut rendre impossible cette guerre. Le Pakistan en sortirait encore plus faible ; l'Inde risquerait d'y perdre, entre autres, le régime libéral qu'elle a su conserver depuis 1947, et qui est un de ses titres de noblesse. »

Un second article rend compte de la conférence internationale de trois jours tenue à Delhi, sous la plume de Gérard Viratelle, envoyé spécial à New Delhi, qui donnera dans les mois suivants de nombreux papiers sur la crise au Bengale. On y apprend que l'abbé Pierre et Daniel Mayer y représentaient la France. Le dernier alinéa ne manquait pas de faire référence au grand absent : « La prise de position de M. André Malraux a fait, il est vrai, forte impression en Inde, et a même pesé dans une certaine mesure sur les débats de ce colloque, d'autant plus que celui-ci a fait ressortir, comme l'affirmait l'ancien ministre, et comme pensent les Bengalis, que l'heure n'est plus aux vaines palabres d'intellectuels. » Malraux était en phase avec ses interlocuteurs bengalis sur cette question centrale de l'engagement des intellectuels : pas de palabres, mais de l'action…

Malraux avait également conservé un article du *Figaro* en date du 5 octobre, rapportant que le tableau *La Lettre d'amour* de Vermeer avait été volé à Bruxelles fin septembre par un homme qualifié de « maniaque de la charité ». Ce dernier tenta de négocier sa restitution contre un don de 200 millions de francs belges (environ 2,7 millions d'euros de 2021) pour les réfugiés du Bengale. « Le mystérieux correspondant » posa trois conditions à la restitution du chef-d'œuvre, volé lors de l'exposition *Europalia* à Bruxelles : « le versement devant notaire de 200 millions de francs belges à l'œuvre *Caritas catholica* pour les réfugiés du Bengale, le financement par le Rijksmuseum d'Amsterdam (propriétaire de l'œuvre) d'une campagne contre la faim dans le monde ; et le financement d'une campagne identique par le palais des Beaux-Arts de Bruxelles où fut volé le tableau ». Le voleur était âgé d'une vingtaine d'années ; il était masqué quand il reçut le journaliste du *Soir* dans une église de campagne. L'hurluberlu, comme aurait dit Malraux, conclut sa conversation par la menace de négocier le Vermeer en Amérique du Sud « à des conditions favorables aux réfugiés du Bengale ».

Cet épisode précédait de deux mois le détournement d'avion manqué de Jean Kay, sur lequel nous reviendrons. La tragédie du Bengale oriental suscita ces actes, certes répréhensibles mais motivés par des sentimentaux moraux et humanitaires très respectables.

Venons-en enfin à l'article du *Monde* daté du 11 novembre, intitulé « Avant son départ pour Bonn Mme Gandhi a reçu M. André Malraux ». L'écrivain y a ajouté une petite note « À verser au dossier : l'objection [ou l'abjection ?] aussi a son intérêt ». On y lit : « L'ancien ministre était attendu par un grand nombre de journalistes et de photographes. "L'entretien appartient à Mme Gandhi. Vous vous êtes dérangés pour rien", leur a-t-il lancé. "Et la brigade ?" lui a-t-on demandé. "Elle ne concerne pas Mme Gandhi. Elle concerne le Bangladesh", a-t-il répondu. À sa sortie de la résidence de l'ambassadeur, il a ajouté : "Mme Gandhi m'a invité. Rien ne pourra être dit que par elle." Avant d'ajouter à l'intention des journalistes soucieux d'en savoir davantage sur son départ : "N'insistez pas. Je ne vais pas me faire assassiner au coin de cette rue." »

L'homme habité par les grands rêves épiques ne manqua pas de prêter attention à un autre article, simple encadré titré : « SUÈDE : Malraux et Boll bien placés pour le prix Nobel ». Il y était notamment mentionné que les *Antimémoires* avaient été bien accueillis par la presse suédoise et que l'une des chaînes de la télévision avait retransmis l'entretien de Malraux avec la journaliste Jacqueline Baudrier, qui présidera Radio France de 1975 à 1981. Enfin, le correspondant à Stockholm notait que le retrait de l'écrivain de la vie politique et du pouvoir était un autre élément que les jurés du Nobel de littérature prendraient en compte. La fin, nous la connaissons. Pablo Neruda fut le lauréat du prix Nobel 1971. Dans le numéro d'hommage que la revue *La Nouvelle NRF* consacra à l'auteur de *La Condition humaine* et du *Miroir des limbes* en juillet 1977, son psychiatre et ami, le Dr Louis Bertagna, raconte que si Malraux avait été lauréat, c'est lui seul qui le lui aurait appris, comme ils en étaient convenus. Ainsi qu'il l'écrit avec un brin de tristesse dans la voix ou la plume, c'est égal, ce n'est pas lui qui est allé au prix Nobel, c'est le prix Nobel qui est venu à lui. Car Pablo Neruda était son voisin de palier.

Après quoi, Malraux n'y songea plus. Pourtant, après avoir reçu le 16 novembre 1974 à New Delhi, des mains d'Indira Gandhi, le prix Nehru pour la compréhension internationale, il nous confia à mon frère et moi : « c'est une sorte de prix Nobel asiatique[1] », avec sans doute une once de nostalgie dans la voix. Mais il ne se serait pas contenté du Nobel de la paix, alors que

1. Conversation inédite qui eut lieu au Salon d'honneur d'Orly, le 28 novembre 1974.

ce prix à la mémoire de Jawaharlal Nehru valait infiniment plus que le Nobel, à ses yeux et à son cœur. Il lui permit de revoir une dernière fois ce que rien d'autre au monde n'aurait pu lui apporter, les grottes sacrées d'Ajanta, d'Ellora et surtout d'Elephanta.

Les femmes s'engagent

Entre septembre et décembre 1971, des centaines de volontaires de France et d'ailleurs proposèrent à Malraux de s'engager sous ses ordres et, pour certains, de rempiler. L'un écrit du Brésil ; un autre d'Oklahoma, qui a été commandant parachutiste au Vietnam où il dit avoir acquis « une expérience considérable dans les montagnes du Vietnam », servi comme officier et supervisé à ce titre la construction d'écoles et d'hôpitaux. Malraux ne put qu'être flatté par ces lettres de militaires de carrière à la retraite de l'armée. Un ancien officier qui s'engagea dans quelque maquis de la Résistance lui écrivit deux fois. Son offre d'engagement avait d'autant plus de poids qu'il connaissait bien la situation de l'Inde et du Pakistan pour y avoir fait un voyage récent. Dans sa deuxième missive, il semblait avoir compris qu'il ne s'agissait plus, dans le meilleur des cas, que de constituer une « brigade de solidarité universelle » — ce que de toute évidence Malraux n'entendait pas de cette oreille, qui rassurait par ailleurs son interlocuteur sur son âge : « L'âge me semble sans importance : le Bangladesh attache grande importance à ceux d'entre nous qui ont commandé dans la Résistance. »

Mais il n'y eut pas que des hommes pour répondre à l'appel de l'écrivain ; des dizaines de femmes lui ont aussi répondu. Trois lettres se démarquent du lot d'admiratrices parfois béates ; à deux d'entre elles, il répondit directement, à la troisième, il fit répondre. La première, en date du 22 septembre, est celle d'une étudiante américaine préparant un certificat d'études à l'Institut de Sciences Po, Joëlle Attinger. La jeune femme expliquait à Malraux qu'elle avait déjà travaillé avec des étudiants bangladais aux États-Unis suite au cyclone de Bhola qui dévasta la côte du Bengale oriental les 12 et 13 novembre 1970 et tua des centaines de milliers de personnes. Douée d'un vrai sens politique et comprenant la dimension du drame du Bangladesh, elle écrivait : « Je pense organiser une campagne dirigée vers notre gouvernement, afin qu'il cesse la livraison d'armes au régime de M. Khan. » Nous sommes en pleine période Nixon, on s'en souvient. Malraux lui fit une réponse substantielle :

> Laissons les dons. Ce que peuvent faire nos amis américains, si le Bangladesh accepte notre aide, est beaucoup plus important. Je voudrais que vous serviez avec nous, où vous voudrez, peu importe, mais que nous puissions dire aux journalistes américains : « Cette femme sait ce qui se passe. Parlez ensemble. » Moi, je vous recevrai plus tard, si vous le souhaitez. Ce que nous pouvons mettre au service de ces malheureux, c'est le courage et l'expérience de ce dont nous parlons. Maintenant, la parole est au Bangladesh, évidemment. Mais je conserve votre adresse, et vous prie de croire, Mademoiselle, que je vous salue affectueusement en face du malheur[1].

1. Lettre du 28 septembre 1971. Cette lettre et les suivantes font partie du dossier Bangladesh du Fonds André-Malraux de la Bibliothèque littéraire Jacques-Doucet.

Remarquons la qualité rare de la formule de politesse tout à fait étonnante sous la plume d'un Malraux. Maintenant, il est fort possible qu'il n'ait rien fait avec ce courrier. Mais ceux qui ont voulu agir l'ont fait et parfois grâce à l'appel.

Une autre femme lui adresse le 29 novembre une lettre qui n'a rien de banal. Elle lui écrit avoir été sensible à sa position tout en regrettant « que d'autres personnalités ne se soient pas manifestées aussi courageusement que vous ». Mme Yanilou est musicienne et propose d'apporter sa contribution « si modeste soit-elle, en donnant, comme je l'ai fait pour le Biafra, et d'autres pays qui avaient connu des cataclysmes, un récital de negro spirituals en faveur des enfants réfugiés du Pakistan (oriental) ».

Malraux, cette fois, lui fit répondre qu'il « ne s'occup[ait] que des questions militaires » mais transmit sa lettre au Comité pour le Bangladesh à Paris.

La troisième lettre que j'ai retenue est tout aussi importante que les deux précédentes et revêt de plus une charge amicale pour Malraux, qui connaît sa correspondante depuis de longues années. Celle-ci lui écrivit le 20 novembre :

> Cher André
>
> Votre prise de position en faveur des Bengalis m'a frappée — personne en France n'a eu votre courage, et il me semble que personne ne veut se pencher sur ce drame. Je suis de tout cœur avec vous, et je voudrais le prouver, soit en travaillant dans un camp, soit en faisant quelque chose d'utile en leur faveur. Ayant vécu les dernières semaines du Biafra, je sais à quoi m'attendre. Peut-être pourriez-vous me dire ce qu'il y aurait à faire.

Malraux lui répondit aussitôt :

Chère Élisabeth,

Il me semble que vous pouvez faire des choses plus utiles que travailler dans un camp ; par exemple, organiser la collecte internationale des médicaments. J'aimerais vous en parler à mon retour provisoire, car la création de l'École de guerre va m'obliger à revenir une huitaine de jours — et je ne partirai pas avant trois semaines, à cause de la réglementation internationale relative aux vaccins.

Si nous nous retrouvons dans cet univers-là, ce ne sera pas mal.

Une autre femme l'a ému particulièrement, qui lui disait : « Malgré mon âge, cinquante ans, je peux encore être utile ailleurs que chez moi, je suis infirmière. »

Une journaliste, sans doute originaire d'Amérique latine, dont nous n'avons malheureusement pu retrouver le nom dans la correspondance conservée à la Bibliothèque littéraire Jacques-Doucet, lui écrivit vers novembre 1971. S'agit-il d'Odile Baron Supervielle (1915-2016), journaliste argentine, qui écrira plusieurs lettres à Malraux puis à Sophie de Vilmorin entre 1971 et 1976, et que François et moi avions rencontrée ? Le début de la réponse nous permet d'avancer cette hypothèse :

Madame,

Votre nom suffirait à rendre votre lettre émouvante, si elle ne l'était pas. Nous ne nous sommes pas rencontrés, non parce que je juge les journalistes encombrants (vous ne seriez pas dans ce cas) mais parce que je n'étais pas à Paris, je crois. Et je vous réponds entre deux bateaux.

Vous comprendrez bien en quoi votre lettre est importante. Ce que je vais faire au Bengale, même si j'y étais tué, serait nécessairement symbolique. C'est donc ce qu'en pensent nos amis lointains qui compte.

Permettez-moi d'ajouter ceci : depuis tant d'années, on se bat pour le prolétariat, pour la nation, etc. Nous allons nous battre au bénéfice de rien, pour une certaine idée de l'homme. C'est parce que la France l'a fait jadis que vous l'aimez encore. C'est pour cela que vous me faites l'honneur de me dire : « Ayez confiance en nous. » Mais il y a longtemps que j'ai confiance…

Je vous prie d'agréer, Madame, mes respectueux hommages.

C'est à notre connaissance la seule lettre où Malraux dise si clairement que c'est au nom d'« une certaine idée de l'homme » et finalement de rien d'autre qu'il a accepté de s'engager, de se battre, fût-ce au prix de sa propre mort. N'y a-t-il pas là toute une dimension philosophique, si souvent et si injustement écartée quand il s'agit de Malraux — contrairement au regard que l'on porte habituellement sur les engagements de Camus ou de Sartre ? Malraux savait que la notion d'homme était finalement bien peu de chose au regard de ce qui avait motivé les crimes des révolutionnaires et des tyrans du XXe siècle, à l'image de leurs innombrables prédécesseurs et successeurs à travers l'histoire. Parmi les dictatures qui furent instituées au siècle dernier, au premier rang desquelles le bolchevisme, le fascisme national-socialiste puis le communisme maoïste, pas une ne s'est construite sur la notion d'homme, mais bien au contraire sur la mort de millions et de millions d'êtres humains.

Une lettre de sa tante maternelle, Marie Lamy, lui arriva également durant ces semaines, qui évoquait de façon assez vague les rumeurs qui lui étaient alors parvenues quant à un engagement de son illustre neveu. Il lui fit cette réponse affectueuse :

> Ma chère Tante,
>
> Les livres ont été envoyés à ton adresse et je suppose que maintenant tu les as reçus. Les choses dont on parlait quand tu m'écrivais signifiaient, en gros, que je vais sans doute prendre un commandement au Bengale. C'est ce que j'ai de mieux à faire. Ce que tu dis est noble ; nous aurons été quelques-uns dans la famille doués pour le courage. Je t'aurais emmenée aux Indes, jadis, avec confiance et avec joie. Le soir tombe ; après tout, il ne tombe pas mal. Ce que tu dis de tes yeux ne concerne pas la radio. Veux-tu que je t'envoie un poste ? Bien affectueusement[1].

Voilà comme un aveu fort émouvant d'un Malraux qui n'utilise pas de grandes envolées dont il a le secret, liées au destin du monde. Il dit seulement qu'il n'a rien de mieux à faire que de prendre un commandement au Bengale. On imagine Marie Lamy un peu éberluée de lire cette lettre venant d'un homme s'approchant des soixante-dix ans, mais plus encore touchée à n'en pas douter. On apprend par une seconde lettre de la tante, tout début décembre, que la radio est bien arrivée, puis Malraux, dans sa réponse tout aussi émouvante, l'invite à trouver un technicien qui pourrait lui montrer comment cela fonctionne : « Il s'agit de tourner un bouton et d'appuyer sur deux autres. Naturel-

1. Collection de l'auteur.

lement, dis-lui de m'envoyer sa facture. Le prix Nobel ? Pas question. Ils ne le donneront *jamais* à un gaulliste. Ainsi soit-il… Sans doute serai-je en France jusqu'à la fin du mois : je dois rencontrer Madame Gandhi le 9. Je t'embrasse ma chère tante, bien affectueusement. »

D'autres femmes ont répondu présentes à la sollicitation d'André Malraux, à commencer, comme nous l'avons évoqué plus haut, par la journaliste et ancienne résistante Brigitte Friang, qui avait pris part, à son retour de déportation au camp de Ravensbrück, au lancement du Rassemblement du peuple français (RPF). Après l'épisode du RPF, elle était entrée à la Télévision française (dont elle fut exclue en 1968) en qualité de correspondante de guerre et de grand reporter, couvrant notamment l'Indochine, l'expédition de Suez et la guerre du Vietnam.

Cette femme d'action représente, pour l'écrivain, comme elle l'écrit elle-même dans *Un autre Malraux* (1977), « un cocktail de ses exigences du moment. Un attachement féminin, que rien ne remettait en cause, doublé de l'ancien compagnonnage de lutte politique et de la fraternité de la guerre qui, bien que nous ne l'eussions pas faite ensemble, avait, d'emblée, soustendu nos relations, une espèce d'androgynie morale, en somme ». Malraux voulut donc faire d'elle son attachée de presse et lui demanda de l'accompagner au Bengale oriental. Bien que consciente des nombreux obstacles à la réalisation des projets de Malraux, elle dut être déçue de ne pas avoir l'opportunité de passer à l'action, faute de départ en décembre 1971. D'autant qu'elle n'obtiendra pas d'André Malraux de l'accompagner en Inde quatorze mois plus tard. C'est, racontera-t-elle, chez elle, en Haute-Provence, qu'un responsable de « l'agence de *features* qu'avait créée *Paris-Match*

[l]'appela au téléphone », lui proposant de l'envoyer au Bangladesh « sous condition qu'[elle] suivrai[t] Malraux dans le moindre de ses déplacements ». Brigitte Friang commença à y croire et de surcroît pensa que « Malraux [lui] devait bien cette compensation de [leur] déconfiture passée ». Sur ce, elle téléphona à Verrières :

> Sophie de Vilmorin me rappela dans l'heure. Malraux refusait. Il estimait qu'il ne pouvait promener SA journaliste. Puisque je ne pouvais lui garantir cette exclusivité, l'agence de *Match* renonça à prendre le risque monétaire du reportage, alors que dans le cas contraire, elle se faisait fort de vendre mes papiers dans le monde entier. Or, je connaissais trop bien mon Malraux pour ne pas être certaine que, m'eût-il trouvée dans son avion, il m'aurait ménagé une place auprès de lui durant tout le voyage. Forte de ma conviction, j'aurais dû prétendre avoir obtenu l'accord de Malraux. C'était exclu. Je ne suivis pas Malraux au Bangladesh[1].

1. *Un autre Malraux*, *op. cit.*, p. 125-126.

Un jeune normalien et un mercenaire « au grand cœur »

À partir d'octobre 1971, Malraux reçut beaucoup de monde chez lui : personnalités internationales, intellectuels, journalistes, mais aussi des visiteurs inconnus. Le professeur Pierre Amado, éminent indianiste et spécialiste de la culture bengalie, qui fut attaché culturel à Calcutta, vint par exemple à Verrières le 15 novembre. Parmi les volontaires prêts à en découdre qui écrivirent à Malraux en novembre, deux se sont ensuite fait remarquer pour leur engagement en faveur de ce pays martyr, l'un par un acte solitaire et unique de grande portée, l'autre par un engagement à bien plus long terme. Il s'agit de Jean Kay, « l'aventurier au grand cœur », et de Bernard-Henri Lévy, alors tout jeune agrégé.

BERNARD-HENRI LÉVY

Bernard-Henri Lévy a fait le récit de sa visite à Verrières, mais sans la dater précisément. Le 21 septembre 1971, il adressait cette lettre à André Malraux :

Bernard-Henri Lévy
École normale supérieure
45, rue d'Ulm — Paris V

21 septembre 1971

Monsieur le Ministre,

Il faut peut-être avoir été gauchiste, avoir connu le romantisme honteux et l'héroïsme académique, pour être ému par votre engagement. Je suis de cette génération qui ne parvient pas à exorciser ses démons ; et vous êtes, une fois encore, un de nos démons.

Je souhaite vous rencontrer. Agrégé de philosophie depuis juillet dernier, je collabore à *Combat*, et vous demande de bien vouloir m'accorder une entrevue.

Je vous prie d'accepter, Monsieur le Ministre, l'expression de mes sentiments respectueux.

Bernard Lévy

Malraux prit cette lettre à trois reprises entre ses mains, y attachant trois de ses petites fiches habituelles. Sur la première, en rouge, on lit : « Je crois qu'il faut adopter la lettre traditionnelle. Si ça vous paraît diabolique, passez-la-moi avec un texte. » Dessous, au crayon : « Personne avant la décision de départ. » Le sens ici est très clair : c'est l'argument dilatoire qu'il utilisait pour ne pas recevoir. L'adjectif « diabolique » renvoie à la phrase de la lettre : « Je suis de cette génération qui ne parvient pas à exorciser ses démons ; et vous êtes, une fois encore, un de nos démons. » Peu de gens — et moins encore de jeunes gens — auraient osé cette image rhétorique, comparant Malraux à un démon, même au meilleur sens du terme, si l'on accorde au démon une dimension hautement protectrice, tutélaire, comme dans le bouddhisme chan (ou zen) où les démons sont les protecteurs des temples.

Puis, sur le deuxième papier, il écrivit : « À me rendre. Nous verrons ce que nous répondrons. Mais nous n'avons pas de temps à perdre avec *Combat.* » Corinne de Vilmorin ajouta au-dessous de cette mention : « Que dois-je dire ? »

Enfin, sur la troisième fiche, il porta cette mention : « Me rendre la lettre du type de *Combat* (Lévy). Peut-être faut-il voir un peu. »

Dans son texte écrit à ma demande pour le *Dictionnaire Malraux*, « Le Bangladesh et lui », Bernard-Henri Lévy écrit avoir vu quelques jours après l'envoi de sa lettre, « sur le grand panneau de liège où les normaliens voyaient arriver leurs messages les plus urgents, un télégramme laconique mais que je conserve comme une relique : "Candidature reçue et retenue ; prière contacter sans délai secrétariat AM ; numéro de téléphone[1]..." » Ce numéro de téléphone de Malraux, qui fut à partir de 1972 celui de Sophie, était le 920-20-03 ! J'imagine donc Bernard-Henri Lévy décrocher fébrilement le téléphone à sa disposition et tomber sur Corinne Godfernaux de Vilmorin pour lui proposer... mais quoi au juste ? Un rendez-vous ?

Il reste des questions non élucidées liées à cette rencontre. Bernard-Henri Lévy quitta Paris pour l'Inde le 2 octobre. Sa rencontre avec Malraux eut lieu entre le 23 septembre et le 1er octobre, bien que l'agenda de celui-ci ne le mentionne pas. Le jeune philosophe fut introduit auprès de l'écrivain par Paul Nothomb, le compagnon d'Espagne puis de la Résistance. Ce der-

1. Article « Bangladesh », *Dictionnaire Malraux*, codirigé par Charles-Louis Foulon et Janine Mossuz-Lavau, CNRS Éditions, 2011, p. 64-73.

nier fut invité, seul, par Malraux, le 1er octobre à un déjeuner chez Lasserre.

Imaginons notre futur philosophe-écrivain, témoin des grandes et des moins grandes causes dans le salon bleu, entre rêve et réalité :

> Ce dont je suis sûr, en tout cas, c'est de sa détermination absolue quand, quelques jours plus tard, à la fin du mois de septembre, je suis allé le trouver, à Verrières-le-Buisson, pour me mettre à son service. [...]
>
> Et me voilà, dans le petit salon, de plain-pied avec le jardin, où il s'est installé depuis la mort de Louise et qu'il ne quittera plus, en train de lui dire mon enthousiasme et, surtout, de l'observer et de l'écouter.
>
> Les tics, naturellement.
>
> Des reniflements terrifiants et qui, quand ils survenaient alors que c'était à mon tour de parler, étaient parfois si bruyants qu'ils m'obligeaient à m'arrêter en attendant que cela passe.
>
> Mais une juvénilité dans l'allure qu'il n'avait pas à la télévision ; quelque chose de moqueur dans le regard lorsque je lui bredouillais mon admiration ou ma foi dans son entreprise ; et une résolution qui, ce jour-là, ne faisait, je le répète, aucun doute. L'idée, à l'entendre, n'était d'ailleurs pas de reproduire à l'identique, comme cela se dit encore aujourd'hui, son engagement de jeunesse en Espagne.

Et Bernard-Henri Lévy de détailler en trois lignes le projet d'École de guerre, que l'écrivain avait plus ou moins conçu avec Paul Nothomb, comme nous le verrons avec les documents laissés par Malraux[1].

Jusqu'à aujourd'hui, Bernard-Henri Lévy n'a eu de cesse de défendre l'engagement de Malraux en

1. Voir ci-dessous et Annexe I, document 3, p. 155.

Organisation de l'Ecole de Guerre

~~LA CREATION D'UNE ECOLE DE GUERRE~~

+ Il s'agit donc de former des officiers (bengalis) de maquis. La moitié des officiers formés rejoindraient immédiatement les maquis, si le gouvernement du Bangla Desh le décidait, l'autre moitié formerait des instructeurs.

La formation des officiers de maquis, chez nous, exigeait environ trois mois. Nous vous envoyons cinquante officiers instructeurs pour commencer, et davantage ensuite si vous le souhaitez. Le Bangla Desh aurait donc environ mille officiers chefs de maquis en un an. Ne jamais oublier que les passeports ne sont donnés qu'après une triple vaccination qui dure environ un mois

-:-:-

Cette Ecole peut être créée dans le maquis même si l'on ne peut mieux faire. Sinon, elle doit être située <u>où</u>? Si c'est en territoire libéré, elle sera très vite bombardée. Avez-vous des spécialistes capables de construire des organisations souterraines, comme au Viet-Nam?

-:-:-

Nos officiers arrivent, je suppose, à Calcutta? Ils sont reçus, et emmenés à leur poste, par qui? Des délégués du Bangla Desh? Il suffit d'ailleurs d'une organisation très légère (une femme à l'arrivée de chaque avion des Indian Air Lines qui amène des officiers), mais il serait bon de joindre à chacune de nos accompagnatrices un interprète, de Pondichéry par exemple. La plupart de nos officiers savent l'anglais; pas tous.

-:-:-

Cette question d'interprètes est importante. A l'Ecole de Guerre, il sera nécessaire d'organiser la traduction, soit du français en bengali, soit du français en anglais, soit de l'anglais en bengali. Problème technique.

-:-:-

Une organisation de maquis implique une organisation de communications. Par nos instructeurs? Où? (Je pense, là où se trouvera l'Ecole de Guerre). Avec quels appareils? (Attention : des commandes importantes d'émetteurs attireront nécessairement l'attention des services spéciaux dans les pays où ces commandes seront passées. Et qui paye? L'O.R.T.F. a obtenu près de cinq cent millions (bloqués), mais la question n'est pas simple, car ses fonds ont été donnés pour les réfugiés.

-:-:-:-:-:-:-:-

Les grandes organisations françaises d'officiers, de spécialistes (chars, explosifs etc…) peuvent vous envoyer beaucoup d'instructeurs, et vous rendre de grands services. Elles posent un certain nombre de questions raisonnables. Je vous joins (en annexe) celles des officiers d'Afrique-Levant, parce que ces officiers seront, à mon avis, les meilleurs instructeurs en raison de leur expérience des tropiques.

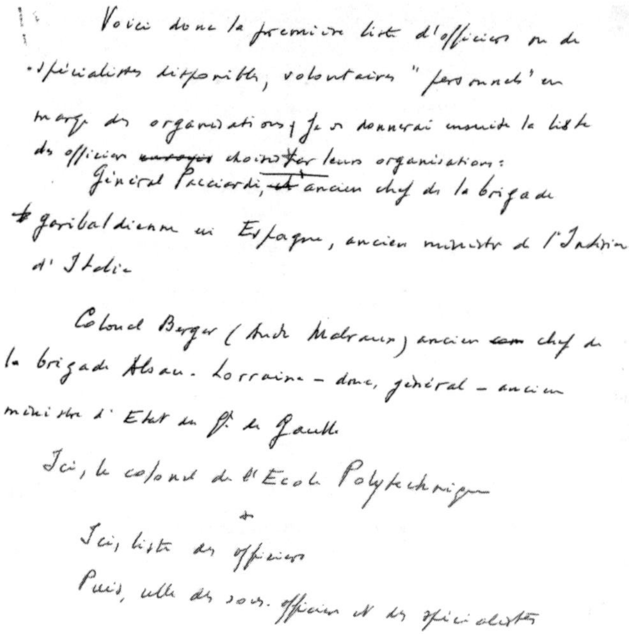

Voici donc la première liste d'officiers ou de spécialistes disponibles, volontaires "personnels" en marge des organisations ; je vous donnerai ensuite la liste des officiers ~~envoyés~~ choisis par leurs organisations :

Général Pacciardi, ~~et~~ ancien chef de la brigade garibaldienne en Espagne, ancien ministre de l'Intérieur d'Italie

Colonel Berger (André Malraux) ancien ~~com~~ chef de la brigade Alsace-Lorraine – donc, général – ancien ministre d'État du G. de Gaulle

Ici, le colonel de l'École Polytechnique

Ici, liste des officiers

Puis, celle des sous-officiers et des spécialistes

Organisation de l'École de guerre.
Dactylographie avec mentions manuscrites autographes d'André Malraux [octobre ou novembre 1971].

réponse à ses détracteurs patentés. Par sa double fidélité à Malraux et au Bangladesh, il semble se considérer parfois comme le seul à pouvoir se réclamer de l'écrivain sur cette terre malmenée par les éléments et par l'histoire, et surtout à en être digne. Quiconque veut avoir une idée de cet épisode de la vie de Malraux en faisant une recherche sur « Malraux et le Bangladesh » sur le web trouvera immédiatement une dizaine de références dont les deux tiers sont en lien avec Bernard-Henri Lévy, avec un renvoi à son article du *Dictionnaire Malraux*, ou encore à celui que je consacrais pour *La Règle du jeu*[1] à sa lettre citée plus haut, soit enfin à l'inauguration du jardin Malraux de l'université de Dacca par lui-même et l'ambassadeur de France, Michel Trinquier.

Dans son article pour le *Dictionnaire*, l'écrivain fait la part des choses : « Et puis il y a le fait, enfin, que Malraux lui-même ne fut pas toujours, dans cette affaire, son propre meilleur allié ; ces départs sans cesse annoncés et chaque fois différés ; ce dernier communiqué de l'état-major de l'armée indienne, relayé par les agences de presse et qu'il a forcément analysé, où l'on donne encore pour certaine son arrivée le 15 décembre, comme les carabiniers, quelques heures avant la chute de Dacca et, par conséquent, la fin des combats ; le fait qu'à quelques exceptions près les cent et quelques volontaires qui avaient entendu l'appel et y avaient répondu se retrouvèrent le bec dans l'eau, quand ce n'est pas dans le désespoir comme le jeune Jean Kay, aventurier au grand cœur qui, ayant pris au pied de la lettre, le

1. Revue *La Règle du jeu* en ligne, 2 novembre 2011, repris par *Paris-Match*/Le Club, parismatch.com : « La lettre de BHL à André Malraux en 1971 », 17 novembre 2011.

jour de la visite d'Indira Gandhi à Paris et de sa conférence de presse commune avec Malraux, les déclarations de l'écrivain sur “les 9 millions de malheureux agonisants” qui étaient comme un concentré de la “misère humaine”, et qu'il fallait secourir à tout prix, défraya la chronique de l'époque, en prenant en otage, à Orly, les passagers d'un Boeing de la Pakistan Airlines. »

L'intellectuel et homme d'action déroule ensuite les invraisemblances ou les faux pas d'un Malraux ignorant tout ou presque de la population du Bangladesh, oubliant par moments qu'elle est à plus de 90 % constituée de musulmans, pour en faire un appendice de la grande culture indienne. Malraux semblait aussi tout ignorer de la seule culture bengalie, ce qui n'était bien sûr pas le cas. Pourtant, dans ses néanmoins superbes quatre discours d'hommage à l'héroïsme des intellectuels et des résistants bangladais, il ne cite pas un seul nom de l'immense culture bengalie qu'elle soit côté hindou ou côté musulman.

Quoi qu'il en soit de ces erreurs, de ce manque de préparation, il y a des moments où *dire* certaines choses et les *dire* vraiment, c'est s'exposer sans recours possible, même empêtré dans ses propres contradictions ou dans des apories quasiment philosophiques... Des moments où il n'y a pas d'autre solution au dilemme que d'avancer sans filet, sans aucun recul possible. On comprend pourquoi la plupart des gens se gardent d'être volontaires dans de pareilles circonstances, dans l'incertitude où celles-ci vont les mener. Levinas faisait la distinction entre le dire et le dit, voyant justement dans le dire une dimension éthique, une responsabilité imparable envers l'autre. Malraux, qui ne se voulait pas philosophe, n'était pas sensible à l'amphibologie ou disons la dichotomie qu'il y a entre le dire et le dit ;

mais il ne les aurait désavoués ni comme difficulté ni surtout comme responsabilité. Un dernier mot sur cette question, qui est au cœur même de l'engagement de Malraux et de son impossibilité à faire marche arrière. Levinas énonce en effet cette difficulté dans les premières pages de son maître livre, *Autrement qu'être ou au-delà de l'essence,* parlant de la vulnérabilité de son concept d'*autrement qu'être,* qui « se trouve trahi dans le dit dominant le dire qui l'énonce[1] ».

Bernard-Henri Lévy avance deux hypothèses pour expliquer l'annulation du départ d'André Malraux pour l'Inde et le Bangladesh. Selon Romain Gary, Maurice Schumann, alors ministre des Affaires étrangères, avait tout intérêt à freiner les ardeurs de l'écrivain à partir sur un théâtre d'opérations, fût-ce pour participer à la création d'une École de guerre. Malraux pouvait-il vraiment être réfréné par un ancien collègue des gouvernements de Gaulle ? Je n'en crois rien. La seconde hypothèse est beaucoup plus probable. Bernard-Henri Lévy la tient directement d'Indira Gandhi. Pressée de se débarrasser d'un Malraux encombrant sur le plan de la sécurité, la Première ministre lui fit miroiter un départ illusoire le 15 décembre quand elle supposait avec raison que sa guerre éclair lui donnerait une victoire écrasante et sans partage.

À quel titre Bernard-Henri Lévy obtint-il d'être reçu par la Première ministre Indira Gandhi en juin 1972 ? Peut-être souhaitait-elle entendre son témoignage sur la situation du Bangladesh, où le jeune philosophe avait passé six mois. Devant lui, elle ne tarit pas d'éloges sur l'écrivain : « Malraux est un si grand esprit… une des consciences de ce monde sans spiritualité ni âme…

1. LGF (« Biblio essais »), p. 18-19.

il était bien plus important par ses articles, ses conférences, les mots qu'il prononça, ce jour-là, à l'ambassade que par une Brigade internationale — dont nous n'aurions pas forcément eu l'usage — les Indiens sont de bons soldats, vous savez… On insiste toujours sur la place de la non-violence dans notre culture et on finirait presque, à force, par oublier que nous avons, aussi, une des meilleures armées du monde… Malraux savait cela[1]… » Tout est dit ou presque.

JEAN KAY

Jean Kay a, lui aussi, écrit à Malraux, qui prit immédiatement sa lettre très au sérieux et lui fixa un rendez-vous au 1er décembre. Né au Liban, Jean Kay avait dix-huit ans au moment du putsch d'Alger en avril 1961. Sous les drapeaux pour son service militaire, il déserta en 1962 et rejoignit l'OAS puis l'Espagne. On le sait ensuite mercenaire au Yémen, d'où il partit pour le Biafra. Dans sa besace, il portait avec lui une bible et des œuvres de Pascal et de Nietzsche. On le trouve ensuite au Liban, où, en dépit des lois occidentales sur la monogamie, il épousa une seconde femme, sans que celle-ci n'ait jamais rien su de son premier mariage en Espagne. Ce mercenaire aura de quoi surprendre ceux qui se pencheront sur son parcours au moment de son procès, magistrats, journalistes, comme son avocat, le fameux Jean-Marc Varaut, qui fut l'un des avocats de l'OAS, avant de le défendre.

Nous ne savons pas ce que Jean Kay et André Malraux se sont dit lors de leur entrevue. Jean Kay a-t-il compris

1. *Op. cit.*, p. 69.

alors que l'appel ne serait pas suivi d'effets militaires ? Ou bien est-ce dans la nuit du 2 au 3 décembre qu'il décida de passer à l'acte, furibond d'apprendre par les ondes que l'armée indienne s'était lancée dans la guerre contre les armées du général-président Yahya Khan, flouant pour ainsi dire Malraux et ses volontaires de leur engagement ?

Orly, 3 décembre 1971, 11 h 45. Le Boeing 727 *City of Comilla*, qui assure le vol 711 de la Pakistan Airlines, est en partance pour Calcutta. L'avion vient d'arriver sur la piste d'envol avec vingt-huit passagers à son bord et huit membres d'équipage. Soudain, Jean Kay bondit et fait irruption dans la cabine de pilotage, brandissant d'une main un pistolet et tenant dans l'autre une sacoche d'où pendent deux fils électriques : « Il y a une bombe dans cette serviette. Elle peut sauter d'une minute à l'autre. » L'homme bluffe. Il vient de réquisitionner l'appareil au profit des réfugiés du Bangladesh qui se trouvent démunis de tout en Inde. Il exige vingt tonnes de médicaments, en particulier des vaccins anticholériques. Tandis que la nuit tombe sur Paris, des boîtes de vaccins sont déposées au pied de la passerelle du Boeing. Le préfet de l'Essonne coordonne les opérations avec le préfet de police, assistés par deux cents gendarmes et cent policiers. Vers 17 h 30, depuis la tour de contrôle, un policier qui se présente comme médecin fait savoir à Jean Kay qu'il est impossible de charger les caisses de vaccins dans la soute où la température descend à moins 15 degrés en altitude. Jean Kay, pressé de s'envoler pour Calcutta, accepte de faire ouvrir la porte du Boeing pour permettre de charger les caisses. Deux heures plus tard, cinq policiers, vêtus de bleu de travail et se présentant comme manutentionnaires, chargent les boîtes de vaccins. À la première occasion, l'un des policiers armés se précipite sur Jean Kay. Dans l'affolement, le pirate tire un coup de feu qui vient trouer le pull-over spécial du policier, équipé d'un gilet pare-balles.

Dans ses dépositions devant les enquêteurs, Jean Kay racontera son admiration pour Malraux et évoquera la lettre qu'il lui a écrite pour se mettre à son service. « L'essentiel était d'attirer l'attention sur la grande misère des Bengalis. Les médicaments collectés par la Croix-Rouge ont d'ailleurs été envoyés au Bangladesh. Je n'avais aucune intention de faire sauter l'avion. Ma bombe n'était autre que mon rasoir électrique dont j'avais dénudé les fils », a-t-il déclaré. Jean Kay a été incarcéré plusieurs mois à la prison de Fleury-Mérogis. Malraux dira à Me Varaut lui avoir écrit pour lui dire : « Si je comprends bien, vous êtes toujours en prison[1]… » Puis Jean Kay sera remis en liberté dans l'attente de son procès. Mais nous n'en sommes pas encore là.

*

Citons enfin une dernière lettre inattendue n'appartenant pas au dossier Inde-Bangladesh mais à la correspondance que Malraux entretenait depuis 1959 avec Diomède Catroux et son frère Tristan, deux neveux du fameux général Georges Catroux (1877-1969), l'un des tout premiers généraux en 1940 à avoir rallié de Gaulle à Londres. Ses neveux avaient suivi son exemple et en 1948 s'étaient engagés dans la création de la revue *Le Rassemblement*, émanation du mouvement gaulliste. À

1. Jean-Marc Varaut, *Un avocat pour l'Histoire. Mémoires interrompus, 1933-2005*, Flammarion, 2007, p. 192-197.

l'été 1971, Tristan meurt et Diomède Catroux, découvrant l'engagement de l'écrivain pour le Bangladesh, lui écrit. Réponse d'André Malraux du 28 septembre :

> Quant au Bengale, nous serons vainqueurs, parce qu'on n'empêche pas un vrai pays (le Bengale n'est pas le Biafra) de trouver son indépendance. Dans dix ans. Et je serai mort. En attendant, nous avons le monde entier, Russes, Américains, Chinois, pingoins (sauf la pauvre Inde) sur le dos.
>
> Ce n'est pas mal.

Malraux n'a alors aucune idée de l'implication militaire de l'Inde quelque deux mois plus tard et prophétise donc mal sur la durée mais bien sur l'issue. Comme sur sa mort, puisqu'il mourra cinq ans plus tard, en ayant lié à jamais son destin à celui du Bangladesh.

Un coup de dés ?

Indira Gandhi et Richard Nixon

Le 1er novembre 1971, Cyrus Sulzberger, célèbre journaliste américain résidant à Paris, organisa un déjeuner réunissant André Malraux, Régis Debray et sa femme, ainsi que Jessie, fille de Louise de Vilmorin, et son mari Clement Biddle Wood. Dans son livre *L'Ère de la médiocrité,* Sulzberger commence ainsi le chapitre sur cette improbable rencontre : « Aujourd'hui, j'ai eu l'un des déjeuners les plus intéressants de ma vie. [...] J'ai eu l'impression que je mettais en face l'un de l'autre, au-dessus d'un abîme de deux générations (quarante ans), deux révolutionnaires littéraires français[1]. »

« Quels étaient vos objectifs en Bolivie ? » demanda tout de suite Malraux à Debray. « L'établissement de centres révolutionnaires comme base pour toute l'Amérique latine », répondit l'écrivain d'ultra gauche, qui, à son tour, l'interrogea : « Quelles sont les raisons qui vous poussent à choisir le Bangladesh ? » Réponse de Malraux à son auditoire bientôt médusé : « On m'a demandé d'adopter le Bangladesh. Leur cause

1. Albin Michel, 1974.

est désespérée. Aucune cause ne peut survivre sans un chef qui ait un nom. Ils ont besoin d'un de Gaulle. Il leur faut un de Gaulle. Il faut un de Gaulle à tout le monde. » Pensait-il à lui-même ou à Mujibur Rahman ? L'histoire ne le dit pas. On peut toutefois imaginer qu'il existait chez Malraux une telle arrière-pensée — celle d'être à sa manière le de Gaulle de la situation —, comme nous le verrons à propos du voyage de la reconnaissance.

DE LA RENCONTRE AVEC INDIRA GANDHI À L'INTERVENTION MILITAIRE INDIENNE

Sans doute la reporter Brigitte Friang a-t-elle eu une vision juste de la situation où se trouvait André Malraux entre la fin octobre et la mi-décembre, estimant que l'écrivain ne vit pas ou feignit de ne pas voir les manœuvres dilatoires d'Indira Gandhi pour l'écarter d'une affaire de portée locale et internationale.

La Première ministre indienne n'avait pas revu André Malraux depuis le premier voyage officiel de celui-ci en Inde en 1958, comme nous l'apprend la longue lettre qu'elle lui adressa le 24 septembre 1965 à l'issue de son deuxième voyage officiel du 8 au 12 août. Cette lettre, pour partie politique et protocolaire, était adressée à un hôte de marque que l'Inde reçut quatre jours au retour de sa visite historique au Grand Timonier à Pékin, lequel préparait alors sa terrible Révolution culturelle. La lettre s'ouvrait par des propos très personnels, dont la tonalité laisse penser que, quelques années plus tard, Indira Gandhi nc pouvait demeurer indifférente à l'engagement de l'écrivain en faveur du Bangladesh.

> Cher Monsieur Malraux,
>
> Vous avez toujours été bon pour moi et je ne puis m'empêcher d'éprouver un sentiment particulier à l'égard de celui qui a été si proche de mon père. En dehors de son admiration pour vous en tant que leader et écrivain, mon père éprouvait grande estime et amitié à votre égard. Rares sont ceux qui ont eu l'expérience des problèmes d'aujourd'hui et qui les envisagent d'un esprit équilibré. C'est pourquoi j'étais impatiente de rester en contact avec vous[1].

Suivait un long développement sur le conflit avec le Pakistan et la question du Cachemire qui, comme l'écrivait Mme Gandhi alors ministre de l'Information, était « devenu, au cours des dernières années, le symbole et la clé de voûte du sécularisme et de la tolérance religieuse en Inde ». Après avoir évoqué l'invasion du territoire par la Chine en 1962[2] et l'« importance stratégique extrême » du Cachemire « pour la défense de l'Inde », elle expliquait en ces termes la raison de son absence de Delhi lors de son deuxième voyage officiel en Inde :

> Comme vous le savez, c'est pendant votre visite à Delhi que je me trouvais à Srinagar. C'est le jour de mon arrivée que la nature massive de l'infiltration a été connue. Le 9 août [1965] était la date fixée pour le prétendu soulèvement du peuple du Cachemire mais j'ai vu par moi-même que non seulement il n'y avait aucune démonstration de quelque sorte que ce soit, mais qu'on ne criait même pas de slogans. [...] En fait, l'unité et le

1. Traduction de la lettre originale en anglais d'Indira Gandhi à l'en-tête du « *Minister Information & Broadcasting India* », 24 septembre 1965, BLJD.

2. La Chine envahit le nord de l'Inde le 20 octobre 1962, occupant par la force des territoires du Cachemire.

courage déployés par la population de la Vallée ont été vraiment remarquables[1].

La réponse de Malraux, en date du 17 janvier 1966, n'est pas moins intéressante :

Madame,

On m'a remis votre lettre au sortir de la clinique — où j'écrivais les souvenirs de mes rencontres avec votre père, dont j'espère qu'ils ne desserviront pas sa mémoire…

Mais les choses ne se seraient pas passées autrement si j'avais reçu cette lettre en son temps, comme vous l'a sans doute dit alors votre ambassade.

Vous savez ce que pensaient vos amis français de la question du Cachemire[2]. Il me semble qu'ils ont aidé l'Inde, dans le domaine limité où ils pouvaient réellement agir. Pour la suite, ils croient que l'Inde va rencontrer de nouveaux obstacles. Elle en a l'habitude. Mais peut-être l'âme de l'Inde, trempée contre l'Empire britannique, devra-t-elle changer de forme en changeant d'adversaire, ce qui ne va jamais sans souffrance. Du moins vos amis pensent-ils — au-delà du Pakistan — qu'abandonner l'Inde serait mettre en jeu le destin du monde. Je l'ai dit au Premier ministre de

1. Lettre du 24 septembre 1965, *op. cit.* Indira Gandhi évoque ici les prémices de la deuxième guerre indo-pakistanaise d'août et septembre 1965, en particulier l'infiltration de soldats pakistanais en civil sur le territoire du Cachemire, afin d'y provoquer une révolte. L'Inde et le Pakistan se disputaient ce territoire.

2. « Une semaine avant cette lettre, le 10 janvier 1966, à la conférence de Tachkent présidée par Alexandre Kossyguine, le Premier ministre indien, Lal Bahadur Shastri, et le président pakistanais, Ayoub Khan, signèrent un accord par lequel l'Inde acceptait de retirer ses troupes sur les positions d'avant août 1965, restituant ainsi au Pakistan tous les territoires qu'il occupait illégalement au Jammu-et-Cachemire » (note de François de Saint-Cheron accompagnant cette lettre, dans André Malraux, *Lettres choisies, 1920-1976*, Gallimard, 2012).

l'Inde avant les événements ; je l'ai dit à votre ambassadeur. Et sans doute, le cas échéant, ne suffirait-il pas de le dire.

Nous savons que ce temps est rude pour vous, Madame. Mais vous êtes d'une famille où l'on fait la noblesse de l'Inde avec ses combats.

Du 7 au 21 octobre 1971, avant son rendez-vous avec Indira Gandhi, Malraux s'était accordé une parenthèse personnelle. Avec Sophie de Vilmorin, ils étaient partis en voyage en Grèce en compagnie de Catherine de Karolyi, Gogo pour les intimes, une amie de longue date de Louise de Vilmorin qui était follement amoureuse de Malraux. Il en était flatté, comme de voir Sophie et elle se chamailler à son propos. Comme le raconte Sophie dans *Aimer encore,* pas une fois il n'évoqua le Bangladesh durant ces quinze jours. Mais à leur arrivée à Cannes, le 21 octobre, l'actualité de la tragédie se rappela soudainement à lui. Des journalistes l'attendaient de pied ferme à sa descente du paquebot. Alors, pour la seconde fois depuis sa lettre du 30 août à l'ambassadeur de l'Inde, il évoqua l'éventualité d'aller personnellement « plaider la cause du Bengale devant l'ONU[1] ».

Indira Gandhi invita André Malraux le 9 novembre 1971 à son ambassade à Paris, alors qu'elle revenait de Washington où Richard Nixon l'avait reçue le 4 à la Maison-Blanche. Après cet entretien officiel, le président américain aurait dit à Henry Kissinger : « *We really slobbered over the old witch* [On a vraiment bavé sur la vieille sorcière]. » Et Kissinger de répondre : « *The Indians are bastards anyway* [Les Indiens sont de toute façon des enfoirés][2]. »

1. *Le Monde,* 22 octobre 1971.

2. « [Indira Gandhi] is a Bitch… The Indians are Bastards », *Outlook The Fully Loaded Magazine,* 30 juin 2005 (en ligne).

Au moment des massacres, l'ambassadeur américain à New Delhi, Kenneth B. Keating, s'était montré « horrifié que ces atrocités soient commises avec du matériel américain ». Cela suffisait pour que le gouvernement américain soit « associé à un régime de terreur »[1]. Gary J. Bass, professeur de sciences politiques à Princeton, estime dans son livre *The Blood Telegram. Nixon, Kissinger and a Forgotten Genocide*[2] que « la diplomatie américaine s'en tient à un grand cynisme », citant le mot terrible d'Henry Kissinger, alors conseiller à la Sécurité nationale : « On doit être machiavéliques. » Dans un télégramme devenu célèbre, Archer Blood, consul américain à Dacca, avait informé le président Nixon et son célèbre conseiller qu'un « génocide sélectif » était en cours au Pakistan oriental. Il y évoquait les « éliminations systématiques » des intellectuels, professeurs et étudiants qui soutenaient Mujibur, comme le clamera Malraux sur tous les tons. La CIA employa les mots de « nettoyage ethnique », apportant des preuves que les soldats pakistanais faisaient la chasse aux hindous, vérifiaient s'ils étaient ou non circoncis (comme le sont les musulmans) et tuant d'une balle ceux qui ne connaissaient pas les prières. Ainsi, dans son télégramme, Archer Blood écrivait-il qu'il y avait « un devoir moral à condamner le génocide ». Pour sa part, Gary J. Bass accuse directement Nixon et Kissinger de s'être rendus « complices du massacre des Bengalais ».

Alors qu'Archer Blood était traité de « dingue de Dacca » par Kissinger, qui le fit rappeler à Washington, vingt diplomates américains en poste à Dacca, révoltés

1. Michel Henry, « Bangladesh, les fantômes sanglants de l'indépendance », *Libération*, 19 novembre 2013. Les citations qui suivent sont extraites de cet article.

2. Harvard University Press, 2013.

de la passivité de leur gouvernement, adressèrent une protestation commune à la Maison-Blanche. Michel Henry parle dans *Libération* du « premier câble dissident de l'histoire ». Que la première puissance mondiale ait alors cautionné de tels actes de barbarie reste une tache indélébile dans la mémoire de la nation américaine. Et si Malraux n'a probablement pas eu connaissance de toutes ces critiques émanant de diplomates de haut niveau à l'encontre de la politique menée par Nixon et Kissinger, il en savait toutefois assez pour dénoncer leur complicité dans les massacres de Bangladais.

Faisant étape en France, la Première ministre Indira Gandhi fut accueillie à sa descente d'avion par son homologue Jacques Chaban-Delmas, qui la reçut ensuite à Matignon ; puis le président Pompidou offrit en son honneur un déjeuner officiel à l'Élysée. Elle fut en fin de journée l'invitée du journal télévisé de la deuxième chaîne de télévision. La rencontre avec Malraux eut lieu le 9 novembre 1971 à 17 h 30, à la résidence de l'ambassadeur de l'Inde, près de la tour Eiffel. Malraux, qui trois jours plus tôt avait reçu à Verrières le général délégué du Bangladesh, paraissait souffrant. Jean Lacouture, biographe pourtant toujours loyal et bienveillant à l'égard du Malraux « épique », évoque ce tête-à-tête comme « une comédie triste » :

> L'image qu'offrit un certain soir André Malraux sortant du salon de l'ambassade de l'Inde, où venait de le recevoir Mme Gandhi, est l'une des plus pathétiques qui aient été offertes par cet homme voué au pathos. Le teint livide coupé de traînées violettes, chancelant, agrippé aux rideaux de la fenêtre et la voix écorchée par les dents, prisonnière de ses lèvres, hennissant de tristesse — il est le vaincu que l'on prive de sa mort et de sa dignité. Il parlait

du Premier ministre indien en disant « cette femme » et lui-même, avec toute sa peine et son génie, n'arrivait pas à faire que ces mots ne fussent pas vulgaires. Qu'il se sentît alors frustré par une ruse d'Amazone de la mort qu'il souhaitait trouver là-bas n'était qu'une hypothèse. Qui sait jamais si quelqu'un d'autre — et soi-même ? — cherche vraiment la mort. Trois semaines plus tard, en tout cas, au moment où Mme Gandhi célébrait sa victoire, il confiait à un ami : « Pourquoi aller là-bas maintenant ? Ils n'ont plus intérêt à me tuer[1]... »

Peut-on rapprocher ce mot de ce qu'il dit aux journalistes à sa sortie de l'ambassade : « N'insistez pas. Je ne vais pas me faire assassiner au coin de cette rue » ? Mme Gandhi, cherchant sans nul doute à être, non pas agréable à Malraux, mais juste, déclara quant à elle devant la presse : « Il a lutté pour la liberté. Il a écrit sur les grands problèmes de l'heure. Il a des opinions très fermes sur ces questions et ses livres nous montrent que nous ne pouvons pas nous contenter de nous occuper des seuls problèmes technologiques[2]. »

Au vrai, à l'issue de cet entretien, Malraux se livra un peu plus longuement aux journalistes venus pour la circonstance :

> Il y a un certain temps qu'à la radio et à la télévision françaises, on parle pour ne rien dire et je vais vous parler sérieusement. Mme Gandhi prend entre ses mains neuf millions de malheureux agonisants et qui l'aide ? Hein ! N'insistons pas. Ça va bien ! Au dixième — fort bien. Et en face, où sont les neuf millions d'agonisants qui se réfugient chez le maréchal Yahya Khan ? Je voudrais savoir où ils sont. Alors, ce que j'ai à vous dire, et je n'ajouterai rien,

1. *André Malraux. Une vie dans le siècle*, Seuil, 1973, p. 410.
2. *Le Monde*, 11 novembre 1971.

> c'est : la femme qui est ici a pris dans ses mains la misère humaine et en face, il n'y a rien. Ça suffit[1] !

C'est à cette déclaration que faisait allusion Jean Lacouture. Il apparaît que l'écrivain manquait d'objectivité en attribuant ces qualités morales à la première dame de l'Inde, qui était d'abord une femme politique redoutable, au plan international comme au plan intérieur, face à ceux qui s'opposaient à elle.

Pour l'heure, Malraux était certainement mal à l'aise, tentant de se raccrocher au moindre espoir. A-t-il vraiment cru entre le 9 novembre et le 2 décembre à son départ pour l'Inde annoncé pour le 15 décembre par Indira Gandhi elle-même ? Le soir de leur pénible rencontre, elle prit le soin de lui écrire une longue lettre dont la lecture nous éclaire cinquante ans plus tard sur ses pensées à l'égard de l'écrivain :

> Cher Monsieur Malraux,
>
> Je me réjouissais d'avoir avec vous une longue conversation, mais malheureusement les entretiens officiels ont pris plus longtemps que prévu ; c'est ainsi que j'ai été retardée, et notre conversation a été interrompue par la réception de l'ambassadeur.
>
> Quand les gens de la télévision m'ont interrogée, les mots qui me sont venus à l'esprit étaient que vous étiez la seule personne qui essayait de trouver un moyen pratique d'aider le Bengale oriental. Mais j'ai pensé qu'une telle remarque mènerait immédiatement à toute une foule de questions aussi bien ici qu'en Inde. C'est pourquoi je me suis tenue à quelques remarques générales.

1. *Le Figaro* du 11 novembre 1971, cité par Yves Beigbeder dans *André Malraux et l'Inde*, doctorat de 3e cycle en lettres modernes, université Paris IV-Sorbonne, 1983, p. 147.

[…] Que vous veniez en Inde pourrait être une bonne idée. Vous pourriez alors juger de la situation par vous-même. Si vous pouviez le faire, vous serez extrêmement bienvenu.

J'ai été très émue de vous rencontrer, particulièrement aujourd'hui, premier anniversaire du jour où le général de Gaulle nous a quittés. Je sais combien vous étiez proche de lui et combien vous l'avez aidé. Mon père appréciait aussi énormément votre amitié et nous avons souvent parlé de vous, de vos livres et de la constance que vous avez montrée dans votre soutien des idéaux que ces deux grands hommes chérissaient.

La Première ministre cherchait-elle à réparer l'échec de leur entrevue ? Se retrouvant seul à Verrières, le 10 novembre, que pensait André Malraux de toute cette affaire ? Où étaient les volontaires prêts à partir avec lui pour se mettre sous commandement bengali ?

Les précieuses archives de l'écrivain conservent le brouillon de sa « Déclaration au départ », qui n'est pas datée (et pour cause), mais dont on peut penser qu'elle a été rédigée en novembre 1971. Ces notes inédites, reproduites ci-dessous, ne laissent pas de doute sur les intentions et les raisons de l'écrivain : il comptait vraiment partir.

DÉCLARATION AU DÉPART[1]

I

Qui est en prison : le maréchal Yahya ou Sheikh Mujibur ? Et de quel droit, sinon en fonction des inten-

1. Ancien Fonds André-Malraux, collection de l'auteur.

tions qu'on lui prête ? En Occident, on emprisonne un citoyen en fonction de ses actes et non des intentions qu'on lui prête.

II

Tout le monde connaît la terrible foule des millions de réfugiés en Inde. Ils fuyaient le gouvernement (?) du maréchal Yahya ; quels réfugiés se sont réfugiés au Pakistan pour y fuir le gouvernement de Madame Gandhi ?

La mariée n'est pas belle.

Je dois en effet tenter de faciliter un accord relatif à la douloureuse question des prisonniers. Mais je doute que l'Inde relâche les siens, si le Pakistan continue à refuser de reconnaître le Bangladesh, et interdire aux Bengalis, qui sont au nord, en résidence forcée, de regagner leur pays.

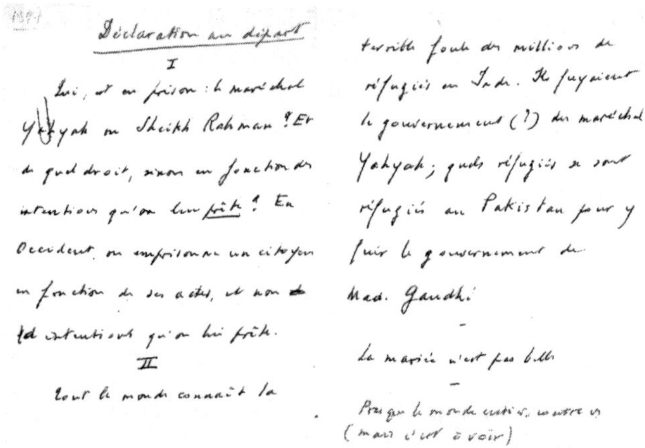
Déclaration au départ

I

Qui, est en prison : le maréchal Yahyah ou Sheikh Rahman ? Et de quel droit, sinon en fonction des intentions qu'on leur prête ? En Occident, on emprisonne un citoyen en fonction de ses actes, et non des intentions qu'on lui prête.

II

Tout le monde connaît la terrible foule des millions de réfugiés en Inde. Ils fuyaient le gouvernement (?) du maréchal Yahyah ; quels réfugiés se sont réfugiés au Pakistan pour y fuir le gouvernement de Mad. Gandhi

La mariée n'est pas belle

(mais c'est à voir)

« Déclaration au départ », de la main d'André Malraux [novembre 1971].

Brigitte Friang eut une idée originale au lendemain du 10 novembre, qu'elle soumit à Malraux.

> Je lui proposai de prendre l'avion dans les deux jours [...], tandis qu'un télégramme posté après le décollage avertirait Mme Gandhi de notre arrivée, tel jour à telle heure. L'apprentie dictatrice (ce n'est pas ainsi que, prudemment, je qualifiais la Première ministre) serait bien contrainte de recevoir Malraux avec tous les honneurs dus à son rang. Malraux refusa. Par la suite, il expliqua à notre ami [*Marcel*] Brandin que c'était faute de posséder un visa pour l'Inde. Objection ridicule. Décidément, Malraux n'était plus Malraux[1].

Le prétexte du visa n'est en effet pas crédible. Ainsi, en février 1972, quand il partit à Washington, il n'avait pas pensé au visa et les officiers de l'immigration, raconte Olivier Todd, ont d'abord refusé de le laisser entrer aux États-Unis. « Il n'a pas de visa sur son passeport diplomatique, encombrant document. On le fait attendre. Qui est ce Malrowe ? *Malrowe, who is this guy ?* Il ne s'inquiète pas. Alertée, la Maison-Blanche confirme qu'il est "l'invité personnel du président des États-Unis"[2]. »

Le 3 décembre, les Forces armées indiennes sous le commandement du lieutenant-général Jagjit Singh Aurora, auquel se rallièrent la guérilla Mukti Bahini et les troupes bengalies libres, entrèrent en action. Une offensive éclair est lancée. Dacca est assiégée à partir du 10 décembre. Six jours plus tard, Yahya Khan, acculé, signe le cessez-le-feu et démissionne. L'armée

1. *Un autre Malraux, op. cit.*, p. 121-122.

2. Olivier Todd, *André Malraux, une vie*, Gallimard (« Bibliographies NRF »), 2001, p. 564.

indienne et le Bangladesh peuvent savourer leur succès : « Le défilé de la victoire suscita la frénésie et l'enthousiasme de tout un peuple qui paya si chèrement son accession à l'indépendance. Seulement, dans les jours qui suivirent, les Bengalis, qui avaient souffert tant de crimes, se livrèrent à leur tour aux excès des représailles et il faudra ajouter cent mille noms à la longue liste des morts » (Philippe Halphen).

Le 11 janvier 1972, Mujibur Rahman, « Bangabandhu » (« Ami du Bengale ») et père de la nation, proclama la création de la République populaire du Bangladesh. Il quitta alors ses fonctions de président du Bangladesh, qui lui avaient été conférées durant sa détention en avril 1971, pour en devenir le Premier ministre, fonction suprême qu'il occupa jusqu'au 24 janvier 1975.

Adieu la guerre ! Salut le peuple martyr du Bangladesh !

Avant la fin décembre, Malraux eut la courtoisie d'écrire à chacun des volontaires déçus la lettre qui suit :

> Comme je l'ai écrit, il est donc probable que nous ne partirons pas. J'attendais nos instructions le 1er pour un départ vers le 15. Pourquoi rien n'est venu, l'Histoire nous l'enseigne. Nous n'étions certes pas inutiles, en un temps où nous apportions la seule aide que pût recevoir le Bangladesh. Si, depuis, d'autres ont apporté une aide plus efficace, qu'ils reçoivent notre reconnaissance. Il n'en reste pas moins que lorsque tout allait au plus mal, nous étions nécessairement seuls avec les maquis ; et qu'au nom des millions de réfugiés, au nom du gouvernement du Bengale libre d'hier, d'aujourd'hui et de demain, je vous remercie.
>
> André Malraux

On discerne ici un certain accent gaullien qui seyait à la circonstance.

LETTRE OUVERTE À RICHARD NIXON, 18 DÉCEMBRE 1971

C'est le moment qu'André Malraux choisit pour entrer en action, comme si désormais rêve et réalité ne faisaient plus qu'un. Alors que Nixon venait d'envoyer une flotte dans le golfe du Bengale pour prévenir les possibles débordements de la guerre[1], Malraux lui adressa une « Lettre ouverte sur le Bengale » au détour de laquelle il évoquait leur rencontre avec le général de Gaulle, lors de son voyage d'État à Paris début mars 1969. Comment pouvait-il alors s'imaginer que, la guerre terminée, l'indépendance obtenue, les intellectuels bangladais y attacheraient tant d'importance ? Malraux prit tout le monde de court avec ce nouveau pavé dans la mare.

La lettre, qui fut publiée dans l'édition du *Figaro* datée des 18 et 19 décembre, commençait par ces phrases fortes :

> Donc, monsieur le président, lorsque les millions de réfugiés du Bengale vont peut-être rentrer chez eux, vous terminez votre lettre à l'Inde, disent vos agences, en

1. Les États-Unis sont alors un allié du Pakistan, le régime de Yahya Khan jouant un rôle d'intermédiaire entre Washington et Pékin. Les Américains craignent l'alliance militaire indo-soviétique ainsi que, à la veille de son rapprochement avec la Chine (elle-même alliée du Pakistan), une éventuelle annexion du Cachemire par le gouvernement indien. Le porte-avions *USS Enterprise* est envoyé dans le golfe pour intimider New Delhi.

> rappelant qu'une alliance lie au Pakistan la plus grande puissance du monde — et les mêmes agences annoncent que des bateaux de guerre américains se dirigent vers le golfe du Bengale[1].

Suivait une longue lettre argumentée[2], avec quelques passages assez fulgurants, épiques même. Notre écrivain y exigeait la libération du père de la nation, encore détenu dans les prisons pakistanaises. Il en fut libéré le 22 décembre, soit trois jours après la publication de ladite lettre. Et on peut avancer l'hypothèse que les Pakistanais n'ont pas attendu un message de la Maison-Blanche pour libérer Bangabandhu. Retraçant l'histoire du conflit depuis huit mois, Malraux établissait dans cette lettre la distinction entre hindous et musulmans : « Le Pakistan égorge les chefs de l'opposition. D'où la terreur, d'où la fuite éperdue des foules hindoues du Bengale — et même de certain nombre de musulmans. » Il fait alors pour la première fois une allusion rapide au Cachemire. S'est-il souvenu de la longue lettre d'Indira Gandhi ?

L'écrivain, qui n'avait pas encore digéré le fait d'avoir été à peine remercié de l'aide que lui et ses volontaires (dont nous n'avons pas trouvé une seule liste officielle ou du moins officieuse, car il n'en a pas été fait) étaient prêts à apporter au Bangladesh, écrivit au président américain :

> Nous n'avons pas l'outrecuidance de comparer une Légion étrangère à une armée d'un million d'hommes. Mais enfin, quand le Pakistan n'avait pas encore contraint

1. André Malraux, *Essais*, *Œuvres complètes VI*, Gallimard (« Bibliothèque de la Pléiade »), 2010, p. 599-601.
2. Voir ci-dessous, Annexe II, document 1, p. 160.

> l'Inde à la guerre, l'aide que nous pouvions apporter au Bengale libre comptait. Car à part nous, qui donc était prêt à la lui apporter ? Mes camarades de combat ne pensaient pas que les interminables files des agonisants du Bengale (dirai-je libre ?) étaient logés à la même enseigne que leurs bourreaux.

En voici les dernières lignes, dignes, nous semble-t-il, de la lettre que Victor Hugo adressa en 1863 au président Juárez et aux « Hommes de Puebla » et que les écoliers mexicains apprennent par cœur :

> Vous allez essayer d'établir avec la Chine un dialogue que les États-Unis ont différé pendant vingt ans. *[…]* Pour le Bengale libre, puissiez-vous ne pas attendre vingt ans avant de vous souvenir qu'il ne convient pas que le pays de la Déclaration de l'indépendance écrase la misère en train de lutter pour sa propre indépendance. Je ne crois pas que votre illustre statue voie passer avec joie sur les écrans de télévision ces foules hallucinées qui se souviennent parfois de ce qui s'appela jadis la liberté. Car ce que je dis aujourd'hui, ce n'est pas moi qui devrais le dire : c'est vous.

Il ne se passa pas trois jours avant que l'ambassadeur du Pakistan en France, M. S. K. Dehlavi, ne fisse parvenir une lettre ouverte au *Figaro* en même temps qu'une réponse à l'écrivain.

> Venant d'une personnalité aussi éminente qui, dans le passé, s'est toujours trouvée aux côtés des combattants de la liberté, on pouvait espérer que l'annexion du Pakistan oriental par la force aurait pu être considérée par M. Malraux comme un des jours les plus sombres de l'histoire de l'Inde, ce pays qui fut toujours attaché

aux principes de la non-intervention, hérités du grand homme que fut Gandhi. Le ton de M. Malraux donne l'impression qu'il éprouve au contraire des sentiments de joie. J'ai le regret de le constater.

Désormais, André Malraux ne pouvait plus rien écrire sur le Bangladesh qui n'ait des répercussions internationales et cela ne pouvait le laisser indifférent. Puis l'ambassadeur pakistanais renvoya Malraux à ses fausses contradictions en lui opposant — à propos de l'emprisonnement de Mujibur Rahman — celui de Sheikh Abdullah, du Cachemire, emprisonné pour treize ans en Inde, sans procès. En réalité Sheikh Abdullah partagea sa peine entre la prison, la résidence surveillée puis l'exil. L'année de l'assassinat de Mujibur, il se rapprocha d'Indira Gandhi quand il fut nommé chef du gouvernement du Jammu-et-Cachemire.

Dans les jours précédents, Malraux avait adressé une lettre plus longue que de coutume à Indira Gandhi. Il entendait lui rappeler quel avait été l'engagement des volontaires comme du comité pour l'aide au Bangladesh coprésidé par le professeur René Dumont, qui enseignait à l'Institut national agronomique, et une avocate, Me Marie-France Schmidlin. Cette lettre fut un exercice difficile pour l'ancien ministre, qui se plaignit finalement à Indira Gandhi de la méconnaissance que l'ambassadeur, M. Chatterjee, et ses collaborateurs directs avaient de la situation française de l'aide au Bangladesh.

Je vous demande respectueusement et instamment de donner des instructions à votre ambassadeur pour qu'il fasse comprendre (fasse comprendre, rien de plus) que la sympathie de l'Inde est acquise à ceux

— hommes ou femmes — qui se sont engagés dès le début, et qui, seuls, ont travaillé pour l'aide au Bangladesh. J'ajoute que je ne saurais trop souhaiter que l'ambassadeur de l'Inde, même s'il doit se montrer, dans ce domaine, très bienveillant, demeure l'organisateur de l'action de l'Inde. Nous avons fait la Résistance française dans la mesure où nous avons été les délégués du général de Gaulle ; je crois que les comités d'aide à l'Inde n'auront de force que lorsqu'ils seront les vôtres, et seulement les vôtres.

On devine toute la tension entre ces différentes instances gouvernementales et les associations non gouvernementales, que Malraux tentait autant que possible d'apaiser. La tempête passée, c'est sur un tout autre plan, celui-là même où se plaçait Malraux depuis le début du drame, qu'il adressa une seconde lettre à Indira Gandhi le 27 décembre :

Madame le Premier ministre,

Je vous prie d'agréer tous mes vœux. Je me suis trouvé auprès de vous dans un domaine qui est peut-être celui du destin du monde. Si je devais m'y trouver encore, je vous serais reconnaissant de savoir que je le tiendrai pour un honneur.

Dans son for intérieur, Mme Gandhi devait bien espérer que jamais plus elle ne serait confrontée à un tel conflit où elle trouverait sur son chemin l'intrépide allié de toujours, André Malraux.

Le destin du monde, il allait en être question en février, puisque pour la première fois un président américain allait rencontrer le président Mao — ce qui n'était pas vu d'un bon œil de la part de la République de Chine de Formose, future Taïwan, qui avait depuis la fin de la guerre un siège au Conseil de sécurité des Nations unies. Alors qu'il préparait le sommet de Pékin avec son secrétaire d'État Henry Kissinger, très hostile à l'Inde et à Indira Gandhi comme on l'a vu, le président Nixon décida d'inviter à Washington Malraux, l'intellectuel français et ami historique de Nehru et de l'Inde. Quoi de plus surprenant après la « Lettre ouverte sur le Bengale » ! Nous ne savons pas ce qui motiva réellement ce souhait de Nixon ; mais il faut se souvenir qu'à cette date aucun président d'un État européen n'avait rencontré Mao. L'auteur de *La Condition humaine* était sans doute l'écrivain européen et l'ancien homme d'État le plus célèbre à cette époque à avoir été reçu à la Cité interdite par le Grand Timonier — lequel cherchait peut-être à se rapprocher de l'ancien ennemi numéro un, après la tragédie que fut la Révolution culturelle commencée six ans auparavant.

Le rendez-vous dans le Salon ovale de la Maison-Blanche fut fixé au 14 février 1972, de 16 heures à 17 h 30, en présence d'Henry Kissinger, alors conseiller spécial du président. Le soir même Nixon offrit un dîner de douze couverts en l'honneur de son hôte français, en présence de l'ambassadeur Charles Lucet. Si Nixon savait que Malraux avait rencontré Mao en 1965, il se méprenait aussi sur ses vieilles relations avec celui-ci ou Zhou Enlai depuis 1930. Dans ses *Mémoires*, le président américain note : « Le grand écrivain et philosophe français [...] a gardé des contacts intermittents au cours des années. » Mais il écrit surtout ceci : « L'âge n'avait pas terni le brillant de sa pensée ni la vivacité de son esprit. Même après traduction [...], son discours demeurait original et frappant[1]. »

1. *Mémoires*, repris en partie dans *L'Express* du 8 mai 1978.

Au-delà de toutes les critiques entendues et connues d'avance qu'un Olivier Todd peut faire siennes dans sa biographie, par ailleurs foisonnante de précisions et de sources américaines et russes, Leonard Garment, conseiller du président pour les Affaires intérieures et extérieures, témoigna que plusieurs convives trouvèrent Malraux « fascinant ». Kissinger, négociateur lors des tractations secrètes de Paris (et que Malraux lui-même ignorait sans doute, n'étant plus au gouvernement) avec les Nord-Vietnamiens, reconnut que si l'écrivain français était très en retard sur la politique chinoise, « beaucoup de ses jugements se révélaient remarquablement incisifs[1] ». Nixon savait par avance ce que l'écrivain souvent visionnaire lui dirait, grâce à une indiscrétion du sénateur Edward Kennedy qui avait déjeuné avec André Malraux lors d'un passage à Paris très récent[2].

Au cours de sa conférence de presse du lendemain, Malraux épata encore les journalistes, malgré les éternels grincheux incapables d'apprécier le caractère « fascinant » de leur interlocuteur… Il n'y avait pas tant d'intellectuels de son importance qui pouvaient dire qu'ils étaient allés en Chine en 1930 et qui avaient été reçus par Mao en août 1965. Si Malraux pouvait encore user de mythomanie à propos de la Chine, c'était littéralement impossible à propos du Bangladesh après décembre 1971.

Malraux mythomane ? Dix fois plutôt qu'une au

1. *André Malraux, une vie*, *op. cit.*, p. 567 et suivantes.

2. Robert Payne, *André Malraux*, complété en langue française par Paul-Jean Franceschini, Buchet/Chastel, 1996, p. 384 et suivantes. Une semaine avant son départ pour Washington, André Malraux avait invité Edward Kennedy chez Lasserre, en compagnie de son ami américain Pierre Salinger.

cours de son existence. Mais dans la mesure où la « mythomanie est — plus qu'une banale compensation à la réalité — l'attente même de l'art, qui est la compensation supérieure, le mensonge devenu réalité[1] ». Ainsi parlait Angelo Rinaldi. Mais il n'aurait pas réfuté l'argument suivant : tout le monde ne peut pas être un mythomane de génie car pour l'être, il faut d'une part avoir du génie — c'est l'évidence —, et d'autre part ce sur quoi faire rêver, c'est-à-dire disposer d'une réalité sur laquelle mythifier.

1. *Ibid.*, p. 398.

La reconnaissance par le Bangladesh convalescent

La guerre était finie, André Malraux récoltait gloire et notoriété. L'Inde et le Bangladesh envisageaient, l'un et l'autre, de lui témoigner solennellement leur gratitude, mais il fallait d'abord que se referment les plaies béantes[1].

Janvier 1972. À Paris, Patrick Ravignant, spécialiste de Napoléon, s'apprête à sortir aux Éditions de la Table Ronde un petit livre fort intéressant, *Pakistan III.* Il le dédie à André Malraux, à qui il adresse un tirage des premières épreuves. Sur la page de garde, on lit ces lignes manuscrites :

> Ce livre est dédié à André Malraux.
>
> Jetant dans la bataille tout le poids de son nom et de son passé, balayant les complaisances et les prudences mesquines, il est aujourd'hui, en France, le seul homme qui ait eu le courage de prendre ouvertement et concrètement fait et cause pour le peuple martyrisé du Bengale.

1. Sophie de Vilmorin, *Aimer encore, op. cit.*, p. 96.

> Cette solitude même le grandit au-dessus de toute considération partisane et de toute querelle politique.

Les premiers témoignages de reconnaissance parvinrent à André Malraux au début de l'année 1972.

Le 5 janvier, le professeur D. K. Chakravarty, secrétaire général de l'université Bangladesh Sahayak Samiti de Calcutta, écrivit à Malraux l'une des plus belles lettres qu'il eût jamais reçues de sa vie, comparable à celles adressées à l'écrivain par Raja Rao, le général de Gaulle, le père Bockel et Romain Gary.

> Nous venons d'avoir connaissance du texte intégral de votre lettre adressée à M. Nixon, président des États-Unis. Elle me rappelle le célèbre « J'accuse » d'Émile Zola dans des circonstances différentes. Veuillez accepter les félicitations de la communauté académique indienne pour la profondeur avec laquelle vous vous êtes exprimé au sujet de la tragédie qui s'est déroulée au Bangladesh. Nous avons commencé à travailler pour l'université Bangladesh Sahayak Samiti de Calcutta dès la fin du mois de mars, c'est-à-dire immédiatement après que la nouvelle de la répression militaire à l'encontre des intellectuels de l'université de Dacca fut parvenue à nos frontières.

Puis revenant à la « Lettre ouverte », M. Chakravarty évoqua la livraison d'armes par le gouvernement américain au régime de Yahya Khan, avant d'aborder la notion capitale de crime contre l'humanité élaborée avant et pendant le procès de Nuremberg. Puis il établit non pas une comparaison mais une hiérarchie indécente entre les crimes nazis et les crimes pakistanais, se livrant à une surenchère outrancière dans l'horreur prouvant pour le moins sa méconnaissance des camps d'extermination allemands. Même s'il voulut montrer la supériorité des crimes pakistanais sur les crimes nazis, comment M. Chakravarty put-il aller jusqu'à écrire que « les horreurs des camps de concentration hitlériens, telles qu'elles ont été décrites au cours du jugement lui-même, pâlissent auprès des événements qui ont eu lieu au Bangladesh pendant les neuf mois de violences et d'oppressions continuelles infligées au peuple dont le seul crime était d'avoir exprimé son suffrage lors de la première élection générale qui ait jamais eu lieu au Pakistan, et d'élire ses représentants selon sa conscience » ?

À la suite de ces considérations historiques, M. Chakravarty proposa à André Malraux de présider une mission d'enquête internationale sur les crimes contre l'humanité et les crimes de guerre perpétrés lors du conflit.

> Vous est-il possible de constituer une équipe internationale, dont vous feriez vous-même partie, pour vous rendre aussitôt par avion dans notre subcontinent et constater vous-même la situation au Bangladesh. À mon avis, il n'est pas douteux que tous les articles de la convention de Genève de 1948 sur le génocide s'appliquent à la clique malfaisante de M. Yahya Khan. Au cas où vous décideriez de constituer une équipée de ce genre, nous serions prêts à vous offrir l'hospitalité en Inde et au Bangladesh, avec l'aide de nos amis qui sont partis maintenant pour le Bangladesh. Nous vous signalons que le Dr Azizur Rahman Mallik, vice-chancelier de l'université de Chittagong, qui a dû chercher son salut dans la fuite et se réfugier dans notre pays, a approuvé l'idée ci-dessus.
>
> Dans l'attente d'une réponse rapide.

André Malraux ne répondit pas à cette offre. Ce silence est surprenant, quand on sait l'intérêt qu'il portait à la question des camps nazis et du mal absolu qu'a représenté la politique d'extermination menée par les nazis.

Les combats terminés, une telle invitation aurait dû profondément toucher Malraux, lui prouvant que son appel ne s'arrêtait pas à la victoire remportée et à la libération du Bangladesh mais restait toujours une option pour les autorités universitaires de l'Inde et du Bangladesh. Certes, le Tribunal pénal international de La Haye (TPI) ne fut créé qu'en 1998, mais depuis Nuremberg d'autres procès pour crime contre l'humanité avaient eu lieu. Nous sommes en 1972, trois ans et demi seulement avant le début du génocide khmer, qui fut tout de suite classifié comme génocide et crime contre l'humanité et donna lieu, quarante ans plus tard, à une série de procès jugés au Tribunal pénal pour le Cambodge, parrainé par les Nations unies sous le nom de « Chambres extraordinaires » au sein des tribunaux cambodgiens. On peut s'étonner, cinquante ans après les crimes commis au Bangladesh, qu'aucune instance du Tribunal pénal international n'ait été créée pour enquêter sur ce génocide, si génocide il y a eu. Quoi qu'il en soit, le silence de Malraux sur une question aussi capitale ne laisse pas de surprendre.

Le 30 juin, ce fut au tour d'Abu Sayeed Chowdhury, professeur de droit, d'écrire à André Malraux. Il venait de lui échoir la fonction plus honorifique que politique de président de la République populaire du Bangladesh — Mujibur Rahman ayant préféré le titre de Premier ministre.

Cher Monsieur Malraux,

Je n'étais venu à Dacca que pour sept jours et voulais vous rencontrer au passage, en retournant à Londres. Je n'ai cependant pas pu le faire car j'ai dû assumer la responsabilité de la fonction de président à la demande de Bangabandhu. J'ai éprouvé une grande déception de ne pouvoir vous rendre visite dans votre résidence.

Je connais votre profonde sympathie pour la cause de notre liberté et je ne sais pas de mots capables d'exprimer comme il le faudrait mon sentiment de gratitude et de reconnaissance. Votre prise de position et votre soutien, si hardis et courageux, ont été un apport immense à notre force dans ces sombres jours d'incertitude et de sinistre combat. Le peuple du Bangladesh n'oubliera jamais votre chaleureux soutien à notre cause qui était fondée sur la vérité et la justice.

Je serais très heureux si vous vouliez bien venir en visite au Bangladesh pour rencontrer le peuple que vous aimez tant.

C'était la deuxième invitation officielle qu'André Malraux recevait en quinze jours. Quel était l'état d'esprit d'André Malraux à la réception de cette lettre du premier président de la République d'un pays pour lequel il avait proposé de s'engager militairement ? Se sentait-il illégitime, ou ne pensait-il pas que cette reconnaissance s'adressait à un autre qu'à lui, c'est-à-dire à personne ? « Je est un autre », comme Rimbaud l'a écrit avec tant de force. Après des jours et des semaines de flottement pour l'écrivain engagé, une seule chose demeurait : son visage et sa voix interpellant le monde pour le peuple du Bengale oriental. Lors du voyage de la « reconnaissance » — comme en 2021 pour le cinquantième anniversaire de l'indépendance et de l'Appel de Malraux —, une seule chose survit à l'histoire, c'est l'engagement d'un homme.

Plusieurs mois passèrent sans que l'écrivain réponde au président Chowdhury. La réponse ne vint qu'en mars 1973, alors qu'entre-temps l'écrivain avait été hospitalisé en octobre-novembre 1972 à l'hôpital de la Salpêtrière :

> Vous aviez eu l'attention de m'inviter au Bangladesh, lorsqu'une maladie assez grave a exigé mon hospitalisation, et rendu tout voyage impossible. Aujourd'hui guéri, je compte me rendre à Dacca pour la fin d'avril ; désirant vous remercier (et, si j'en avais la chance, vous aider), je me permettrai de vous faire demander audience par notre ambassadeur.
>
> Je vous prie de croire à mon fidèle souvenir, et d'agréer, Monsieur le Président, l'assurance de ma haute considération.

Dans son brouillon, Malraux avait d'abord écrit : « Je vous prie de croire au fidèle souvenir que je garde de notre lutte co… », mais il a dû aussitôt penser que c'était aller trop loin.

Enfin, je dispose d'une troisième lettre écrite, quant à elle, par l'un des héros de la guerre d'indépendance, Khan Sarwar Murshid (1924-2012), diplomate, intellectuel et pédagogue jouissant d'un grand prestige dans son pays. En 1972, alors vice-chancelier de l'université de Rajshahi, il écrivit à Malraux :

> Cette Université du Bangladesh libre a décidé de vous conférer le diplôme de docteur en littérature *honoris causa* en reconnaissance de votre vibrante contribution à la cause de la liberté et de la dignité humaines.
>
> Je vous serais très reconnaissant si vous aviez l'amitié de visiter notre pays et acceptiez cet honneur en personne lors d'une cérémonie spéciale qui se tiendrait en mars de cette année et ainsi de donner à notre peuple une chance de vous témoigner son admiration et son respect.

Le représentant de votre pays à Dacca a très amicalement accepté d'arranger votre visite dans l'espoir que vous acceptiez notre invitation.

Cette lettre porte en elle un élément sans doute poignant pour Malraux, qui n'avait accepté que deux doctorats, celui hautement symbolique de l'université Sampurnanand de sanskrit (*Sampurnanand Sanskrit vishwavidyalaya* de Bénarès-Varanasi), pour lui qui n'avait que de pâles connaissances de la langue sainte des hindous ; et celui, prestigieux, de l'université d'Oxford. La perspective de ce troisième doctorat délivré par une université martyre ne put que le toucher. Mais il n'y répondit positivement que le 4 avril 1973 :

Monsieur le Vice-Chancelier,

Je vous remercie de votre lettre, et remercie l'université du Bangladesh de l'honneur qu'elle avait l'intention de me conférer. J'aurai plaisir à le faire de vive voix, si, comme il est possible, je me trouve à Dacca vers le 20 avril. Je demanderai alors à Monsieur l'Ambassadeur de France de nous réunir.

Il me faut dire un mot de ce vice-recteur, dont plusieurs photos témoignent de sa rencontre avec Malraux à la fin de la cérémonie de remise du diplôme. Au lendemain de sa disparition, Syed Badrul Ahsan, rédacteur en chef de *The Daily Star*, écrivait à son propos :

Khan Sarwar Murshid faisait partie d'une élite intellectuelle en voie de raréfaction. Il appartenait à une génération qui a donné le meilleur de lui-même au Bangladesh. Le professeur Khan Sarwar Murshid a témoigné d'une immense force patriotique au cours des mois les plus

> sombres de la guerre. Il a mis en action la force intellectuelle nécessaire pour convaincre le monde entier que la lutte pour le Bangladesh n'était pas une simple question de résistance à l'ennemi mais, dans un sens plus large, une soif de liberté, qui dérive de l'histoire.

Dans un autre de ses articles, écrit onze ans après la mort de Mujibur Rahman, le même journaliste rappelait qu'au moment de faire ses adieux à Malraux, Khan Sarwar Murshid lui demanda s'il pensait que Mujibur pourrait construire le Bangladesh du progrès. Et la réponse prémonitoire fusa : « Oui... Si vous ne le tuez pas. »

Ces trois lettres capitales ont dû rasséréner Malraux, qu'un sentiment d'illégitimité ne quittait pas lorsqu'il s'agissait de ces honneurs liés à la tragédie du Bangladesh, ainsi que le note Sophie de Vilmorin au lendemain de la remise du prix Nehru pour la compréhension internationale qui lui fut attribué en 1974 à Delhi. Mais, au printemps 1972, il était loin d'en avoir fini avec ce peuple. Entre le 3 janvier et le 27 avril 1972, il ne reçut pas moins de six personnes pour le Bangladesh, dont M. Shri Sibal, second secrétaire à l'ambassade de l'Inde, l'ambassadeur du Bangladesh à Paris et Brigitte Friang. Des chercheurs indiens sur les crimes pakistanais lui demandèrent en 1972 de préfacer une brochure, *How Pakistan violated Human Rights in Bangladesh. Some Testimonies*, bientôt publiée par *The Indian Council of World Affairs.* Les photos qu'il reçut des crimes ne furent-elles pas produites par M. Chakravarty de l'université Sahayak Samiti de Calcutta, qui lui avait proposé cette mission officielle ? On ne comprend pas bien pourquoi il considérait cet ouvrage, constitué de vingt-six récits courts livrés par autant d'auteurs, comme le « Livre blanc du Bangladesh ». À le lire, avec ses descriptions d'actes inhumains, on pense plutôt à l'embryon d'un « Livre noir », dont le prototype dans l'absolu du mal et de l'horreur reste *Le Livre noir* d'Ilya Ehrenbourg et Vassili Grossman, constitué de témoignages portant sur les atrocités nazies à l'égard des Juifs des pays Baltes et d'Ukraine. Dans cette courte préface, André Malraux nomme clairement la politique d'extermination :

> Les militaires qui étaient prêts à combattre avec moi pour le Bangladesh [...] ont été mobilisés par deux faits, auxquels le souvenir du Biafra donnait une tragique résonance : l'exode des réfugiés, l'extermination de l'élite du Bengale. [...] Le second caractère particulier de la tragédie bengalie fut l'extermination systématique, organisée, de ceux, qui, au Bangladesh, avaient voté contre le maréchal Yahya [Khan]. Nous connaissons maintenant les puits pleins d'intellectuels[1].

Malraux écrit ici en homme politique autant qu'à la manière d'un rhapsode tragique. Bernard-Henri Lévy fut un des lecteurs les plus attentifs de cette préface :

> Or je le dis humblement mais fermement : André Malraux, sans quitter Paris ou en ne le quittant, je le répète, qu'une fois éteints les feux de la guerre, a dit, en quelques phrases, puis en un ou deux discours et dans les quelques lignes de préface, enfin, qu'il donna au *Livre noir sur les violations des droits de l'homme au Bangladesh* édité, à New Delhi dès 1972, par le Indian Council

1. *Essais, OC VI, op. cit.*, p. 601-603. Voir Annexe II, document 2, p. 164.

of World Affairs, ce que j'ai mis, moi, vingt ans et plus à être capable de formuler[1].

Avant Malraux, un jésuite français, le père A. Rocaries, avait écrit en octobre 1971 :

> Par dizaines de mille, puis même par centaines de mille par jour, les Bengalis fuyaient la *chasse à l'homme*, les incendies de villages par les bidons d'essence enflammée, lâchés par l'aviation pakistanaise, les bombardements d'artillerie lancée de barges à fond plat, fournies par la Chine.
>
> [...] Ces gens arrivent, les yeux hagards et fiévreux, encore pleins des horreurs qu'ils ont vécues. Certains témoignages font frémir[2].

Le père Rocaries partageait tout à fait la vision de Malraux, en établissant également la volonté de liquider d'abord les hindous : un « massacre généralisé », un « dessein d'anéantissement total des Bengalis hindous et de tous ceux, hindous ou non... ». Et de poursuivre : « J'ai vu des hindous chassés de village en village, de maison en maison, fusillés sur-le-champ, après vérification sommaire de leur qualité d'hindous. » Dans sa préface, Malraux restait très prudent, ne faisant pas de l'extermination des Bengalis hindous un génocide *essentiellement* religieux :

> Que les hindous se soient sentis menacés les premiers, nul n'en doute. Mais la guerre civile, jusqu'à l'entrée

1. *Dictionnaire Malraux, op. cit.*
2. « Le Drame du Pakistan oriental », dans *Maduré — Madagascar,* octobre 1971.

en jeu de l'armée indienne, n'a pas été religieuse, elle a été nationale : celle des musulmans de Dacca, contre ceux d'Islamabad[1].

Les marches de la mort de ces millions de Bangladais fuyant leur pays dans un exode désespéré sont des images qui ont fait le tour du monde.

1. *Essais, OC VI, op. cit.*, p. 603.

Le voyage triomphal

21-24 avril 1973

Jamais de sa longue vie d'écrivain célèbre et célébré, d'ancien chef de brigade, puis de ministre et de chantre du gaullisme le plus épique (qui n'a sans doute jamais existé que dans son imagination), André Malraux n'a connu un tel triomphe que durant ces quatre jours de voyage au Bangladesh ! Et cette gloire lui fut rendue en l'honneur d'un appel qu'il n'avait nullement cherché à lancer et au titre d'un combat qu'il n'avait pu mener. Double paradoxe au cœur de la mythologie malraucienne !

UN VOYAGE OFFICIEL

Dans son remarquable *André Malraux et la tentation de l'Inde*, Jean-Claude Perrier[1] cite plusieurs documents et trois des quatre principaux discours de l'écrivain au Bangladesh sous le qualificatif suivant : « 1973 — Visite privée en Inde ». Je ne retiendrais pas personnellement ce qualificatif réducteur, tout comme la nomenclature

1. Gallimard/Ambassade de France en Inde, 2004.

administrative et diplomatique qui semble le justifier. Pierre-Jean Franceschini, dans son édition révisée de la biographie d'André Malraux par Robert Payne, écrit : « Arrivé le dimanche 15 avril à New Delhi, [Malraux] est reçu comme un chef d'État, bien qu'il n'occupe plus de fonction officielle. […] Le 21 avril, il part pour le Bangladesh, où il est traité en héros national[1]. » Au diable la diplomatie ! Malraux fut reçu comme un héros, un quasi-libérateur devant des foules en liesse en présence du père de la nation, Mujibur Rahman, et du président de la République, et avec les honneurs militaires. Ce n'est pas, tant s'en faut, ce qu'on peut qualifier là de « voyage privé » ! Du reste, de retour à Paris, Malraux écrivit à son amie la photographe allemande Germaine Krull, qui avait regretté de n'avoir pu le rencontrer lors de son passage à New Delhi (elle habitait à une heure de la capitale indienne depuis plusieurs années) :

> Suite des histoires de fous, car on m'a dit (trop tard, naturellement) que le plus simple eût été de vous envoyer une voiture du Rashtrapati !
>
> D'ailleurs, on ne peut jamais faire à la fois un voyage officiel et un voyage libre. […]
>
> Vous me parlez de la route comme Kipling parle de la *Grand Trunk Road* dans *Kim*. Il va de soi que le « red carpet[2] » cache la route, mais aussi qu'il me sera bien difficile de revenir autrement que d'une façon officielle[3].

Ces lignes sont on ne peut plus explicites sur la façon dont Malraux voyait le niveau de ses voyages en Inde,

1. *André Malraux*, *op. cit.*, p. 399.
2. « Tapis rouge ».
3. Correspondance avec Germaine Krull, BLJD.

alors que son ultime voyage, celui qu'il effectua à Haïti, en décembre 1975, était, lui, absolument privé.

L'exemple de Günter Grass, invité en Inde une première fois en 1975, est éclairant à cet égard. Martin Kämpchen, auteur de *My Broken Love : Günter Grass in India & Bangladesh*, écrit sans détour : « Günter Grass se rendit à trois reprises en Inde. En 1975, il fut invité par le gouvernement indien et alla à New Delhi, Calcutta et au Kerala comme un hôte d'État[1]. » Pour un Allemand, être l'invité officiel d'un État revient bien à être un hôte d'État (« *State guest* »). Ainsi le voyage d'André Malraux en Inde et au Bangladesh en avril 1973 fut-il bien un voyage officiel ; et l'écrivain y fut hôte d'État, comme il le fut aussi au Népal où le roi organisa un dîner en son honneur. Et il en fut de même en 1974 quand l'écrivain fut invité à Delhi par la Première ministre Indira Gandhi pour recevoir le *Jawaharlal Nehru Award.*

DU 14 AVRIL AU SAMEDI 21 AVRIL 1973

Si, comme nous l'avons vu, Malraux a écarté d'une façon peu amicale la proposition de Brigitte Friang de couvrir son voyage, en revanche il convia Raja Rao à l'accompagner, comme en atteste le brouillon d'un télégramme adressé à ce dernier quelques semaines avant son départ :

> Dois aller Delhi et Bangladesh sans doute semaine 9 avril stop. Seriez-vous libre pour m'accompagner stop. Seriez évidemment invité du gouvernement stop.

1. New Delhi, Penguin Books India, Viking, 2001, p. 2.

> Reviendrions ensemble ou reviendriez avant moi si vos obligations l'exigeaient stop. Dès votre réponse vous confirmerai date ou changement s'il y avait lieu stop. Amitiés. André Malraux.

À Orly, au salon d'honneur, ce 14 avril, la presse attendait Malraux. Au lieu de répondre aux questions des journalistes, il prononça une courte allocution :

> Je dirai notamment à mes hôtes toute ma gratitude pour l'assistance qu'ils ont accordée au gouvernement de Dacca. Le Bangladesh est maintenant libre, mais s'il est devenu une nation, il éprouve d'énormes difficultés à devenir en État, et ce serait pour moi un grand honneur de l'aider à parvenir à ce but.
>
> Je voudrais également étudier le problème de la faim et celui de la limitation des naissances, primordial dans cette région. Si je peux aider 75 millions d'êtres humains à échapper au malheur, mon voyage n'aura pas été inutile[1].

Le correspondant de l'AFP en Inde précisa dans son communiqué : « M. André Malraux est arrivé dimanche matin à Delhi pour une visite d'une semaine en Inde, à l'invitation du gouvernement. Il a été accueilli à l'aéroport par de hauts fonctionnaires du ministère des Affaires étrangères. M. Malraux doit être reçu par le président de la République, M. Giri, et rencontrer la Première ministre, Mme Indira Gandhi, ainsi que le ministre des Affaires étrangères. »

Après une première semaine en Inde, le voici partant pour Dacca avec Sophie de Vilmorin, suivi

1. *Le Figaro,* 16 avril 1973.

de Jack Garofalo, photographe de *Paris-Match*, et Philippe Halphen pour l'ORTF. Mais lisons le Journal de Sophie :

> Lever 5 heures. Envol à 6 h 30, caravelle pour Calcutta. Plaine du Gange asséchée puis palmiers, verdure, eau, nous arrivons à Calcutta. Consul général de France puis ministre des Finances du Bengale occidental. Photographes, presse, colliers de fleurs et bouquets. Salon des VIP. Conférence de presse où je traduis. Départ pour Dacca avec Garofalo et Halphen. Arrivée : colliers, bouquets, enfants des écoles criant « Vive Malraux ! Vive Malraux ! ». Nous sommes emportés au palais présidentiel, Bhangabhaban.

Philippe Halphen, sur les premières images de Malraux à l'aéroport de Dacca le matin du 21 septembre 1973, prononce ces paroles inspirées : « André Malraux a été accueilli comme un être légendaire. Pour tous, il est l'homme qui, aux heures les plus sombres de la guerre, s'était identifié au peuple du Bengale. »

Il faut nous plonger dans le premier quotidien bangladais de langue anglaise, *The Bangladesh Observer*, pour tenter de retrouver un tant soit peu de cette ferveur indicible qui toucha les témoins de cette rencontre insolite et ainsi prendre le pouls de ces journées où un destin — et non pas une œuvre, comme cela aurait pu être le cas pour la réception du Nobel — fut consacré.

> À sa descente d'avion, à Dacca, un tapis rouge fut déroulé pour recevoir M. Malraux. Le président de la République était représenté par son secrétaire militaire.

> Le ministre des Affaires étrangères, le Dr Kamal Hossain, lui souhaita la bienvenue au nom du Premier ministre, Bangabandhu Sheikh Mujibur Rahman.
>
> Le recteur de l'université Jahongir Nagar, le Dr Syed Ali Ahsan, la bégum Sofia Kamal avec l'ambassadeur de France, M. Pierre Millet, et des Français étaient présents, parmi ceux qui recevaient M. Malraux[1].

Puis, embrassant un jeune garçon, l'écrivain dit : « J'embrasse la pauvreté sur un seul visage. Ne pouvant pas embrasser tout le monde, j'embrasse le Bangladesh sur un seul visage. »

Après cet accueil très simple mais plein d'émotion, André Malraux et Sophie de Vilmorin furent conduits au Bangabhavan, le palais présidentiel, où ils résideraient, étant les hôtes du président de la République, M. Abu Sayeed Chowdhury. Celui-ci les accueillit lors d'une cérémonie, durant laquelle il rappela que la voix courageuse de Malraux se faisait entendre partout où la dignité humaine était en danger et que son soutien sans restriction pour le mouvement de libération du Bangladesh avait été historique.

Le livret personnel d'André Malraux du programme officiel du voyage, édité en une dizaine d'exemplaires par le gouvernement, a été complété par l'écrivain. Il témoigne de la cadence infernale que l'ambassadeur de France et les services du Premier ministre lui avaient imposée.

1. Tous les articles traduits du *Bangladesh Observer* l'ont été par Geoffrey T. Harris et Henriette Colin.

PROGRAMME
OF
THE VISIT
OF
MONSIEUR ANDRE MALRAUX
TO
BANGLADESH

(21st to 24th April, 1973)

Programme officiel de la visite d'André Malraux au Bangladesh en avril 1973.

Sophie de Vilmorin nota dans *Aimer encore* : « Malraux aimait les honneurs, et le Bangladesh l'a honoré à satiété. Je crois que c'est le contentement qu'il en éprouvait qui lui a permis de résister au rythme d'activité physique et intellectuelle insensé qui lui a été imposé pendant ces quelques jours. Il en était dopé. »

Une heure après son accueil à l'aéroport, le voilà parti en cortège officiel vers la résidence du Premier ministre, Mujibur, qui le reçut avec les honneurs militaires. Philippe Halphen ne perdit pas une seconde de ce premier face-à-face chargé d'émotion entre les deux hommes.

Le cinéaste demanda au Premier ministre ce qu'avait signifié pour lui le geste de Malraux proposant « de combattre pour le Bangladesh » :

> C'était quelque chose de très important pour le Bangladesh, à cette époque-là. Cela nous a grandement encouragés. Après tout, il est très difficile d'accepter la mort. Nous étions massacrés. Ce grand homme s'est présenté dans des circonstances si difficiles et a déclaré qu'il voulait combattre pour le peuple du Bangladesh. N'était-ce pas là quelque chose de très important pour mon peuple ? Moi j'étais en prison. Et mon peuple est extrêmement reconnaissant. Nous sommes très heureux qu'il ait pu disposer d'un peu de son temps et venir au Bangladesh. Mais nous ne sommes pas satisfaits. Nous voulons davantage de temps avec lui, car de partout les gens me disent : « Nous voulons le voir. Nous voulons le voir. » Mais nous savons qu'il ne dispose pas d'assez de temps, alors je l'ai personnellement réinvité.

Cette première rencontre dura dix minutes, pas une de plus car, déjà, André Malraux était attendu par des centaines d'étudiants et de professeurs à l'université de Dacca, où l'accueillit le vice-chancelier. Il y prononça l'un de ses discours les plus habités — le seul pour lequel ne subsiste aucun brouillon fiable, étant en grande partie improvisé. Le discours d'accueil du recteur, le professeur A. M. Chowdhury, salua en Malraux « le porteur de flambeau pour la lutte pour la libération du Bangladesh. Nous rappelons avec gratitude tout ce que M. Malraux a fait pour éveiller la conscience du monde pendant la guerre d'indépendance contre le fascisme de l'armée d'occupation pakistanaise ». L'écrivain arriva au pupitre et eut ces premiers mots :

Étudiants de Dacca !

Je parle aujourd'hui pour la première fois dans la seule université du monde qui ait plus de morts que de vivants.

Tous les étudiants de France savent que vos professeurs et vos camarades se sont battus pour la liberté. Et ils savent que nulle part les étudiants et les professeurs n'avaient payé la liberté d'un poids si lourd. Ils savent que parmi tant d'étudiants qui ont combattu, il y a un endroit dans le monde où les étudiants ont le droit de dire pour ceux qui viendront plus tard :

« Nous, nous avons combattu avec nos mains nues ! »

[...]

La dernière fois que j'ai vu Nehru, il m'a dit :

« Tout le monde parle de l'Inde comme d'une princesse, l'Inde est une pauvresse au bord de la route qui regarde passer nos efforts et notre misère comme une mère malheureuse. Mais de tous mes fils, je ne reconnaîtrai jamais que ceux qui, pour me sauver, ont tendu leurs bras vers moi. »

L'Inde était au bord de la route et vous avez tendu vos bras vers elle, et c'est elle qui vous a regardés avec cette forêt de poings brandis, qui brandissaient enfin vos fusils vainqueurs !

Tous vos morts avaient rendez-vous avec la destinée du Bangladesh, mais maintenant c'est à vous qu'il appartient de faire la nation[1].

Son traducteur durant ces journées à Dacca et Rajshahi fut l'ambassadeur Arshad-uz Zaman, chef du protocole. C'est par son intermédiaire que le discours de Dacca fut rapidement connu de tous les intellectuels bangladais. S'il est encore cité quarante-

1. Discours inédit improvisé, collection de l'auteur, extrait. Voir Annexe II, document 3, p. 167.

huit ans plus tard par des journalistes et des intellectuels bangladais ignorant le français, c'est grâce à lui. Arshad-uz Zaman fut l'un des invités d'honneur du colloque du centenaire de l'écrivain à Dacca et Chittagong en 2001.

Après les dernières paroles de Malraux, les professeurs et les étudiants de l'université de Dacca se levèrent comme un seul homme pour l'applaudir longuement. Malheureusement, le reste du discours est à jamais perdu avec les rushes de Philippe Halphen…

Sophie de Vilmorin m'avait confié que l'ambassadeur de France avait fait remarquer à Malraux, non sans diplomatie, qu'il parlait un peu trop de l'Inde et pas assez du Bengale et du Bangladesh ; et il est vrai qu'il ne cita pas un seul nom de poète ou d'écrivain bangladais durant quatre jours.

Mais nous l'avons dit, et Malraux lui-même n'a cessé de le répéter : seule l'Inde pouvait lui insuffler cette inspiration. Elle lui donnait un ton prophétique à la mesure de la tragédie, qui n'était pas séparable de son rapport à cette civilisation millénaire qu'il avait tant chantée et qui surtout était porteuse, plus qu'aucune autre, de spiritualité et de non-violence. L'Inde de Malraux était l'héritière à la fois de Gandhi et de Siddhartha Gautama, le Bouddha, le « plus grand fils de l'Inde » comme l'appelait Nehru. Chaque étape de son périple était marquée par cette spiritualité, liée à la mort et à la fraternité.

Bien que le Bangladesh soit un pays musulman, Malraux le considérait très approximativement comme un pays héritier de l'hindouisme et de la non-violence. S'il n'avait été qu'un pays d'islam, au nom de quoi Malraux aurait-il pris parti ? Il ne s'était jamais particulièrement senti proche de la civilisation musulmane. La guerre d'Algérie n'avait pas semblé le retenir outre mesure, si ce n'est, à partir de 1958, du fait de ses fonctions ministérielles et de sa qualité d'envoyé spécial du général de Gaulle dans de nombreux pays. L'art égyptien qui le fascina tant était celui de l'Égypte préislamique et la part de l'Iran qu'il admirait fut l'Empire perse, la civilisation sassanide, puis à partir de la conquête de l'islam, « au temps de la gloire d'Ispahan », le pays marqué par « cette puissance d'humanisation, liée à une présence de la femme que le monde islamique entend ignorer partout ailleurs[1] ». Nous pourrions dire quelque chose de semblable de l'Inde moghole.

Malraux n'aura jamais défendu que des causes liées à l'idée fondamentale de démocratie et de république, que ce soit en Indochine, en Espagne ou dans la France de l'Occupation. La rencontre postérieure manquée avec la destinée d'Israël — au moment de la crise du canal de Suez en 1956 — comme l'affaire du Bangladesh se placèrent dans la même perspective d'une nation luttant pour conquérir ou défendre son indépendance ou sa liberté menacées. Ce qui intéressait Malraux par-dessus tout, c'était une certaine idée de l'âme humaine dont il ne se départait pas, et qui s'alliait à l'idée de justice.

C'est pourquoi, recevant le prix Nehru pour la compréhension internationale en 1974, qui représentait pour lui une sorte de prix Nobel de la paix, des mains d'Indira Gandhi, il eut un beau développement dans son discours de réception sur « ces mains que j'ai vues à tant d'occasions, et jusqu'aux événements du Bangla-

1. Préface au catalogue de l'exposition *Sept mille ans d'art en Iran*, Les Presses artistiques, 1961.

desh, défendre presque seules, avec une exemplaire fermeté, les droits de la faiblesse et du malheur[1] ».

Malraux appartient à cette famille d'écrivains pour lesquels l'éthique, qu'impliquent ces « droits de la faiblesse et du malheur », n'est pas une branche de la philosophie mais bien « la philosophie première », selon cet aristocrate de la métaphysique que fut Emmanuel Levinas.

Mais revenons au déroulé du voyage. Sur le vif, Philippe Halphen l'interrogea : « Monsieur Malraux, vous faites au Bangladesh un voyage triomphal, on vous considère comme un héros national, est-ce que vous pouvez m'expliquer les raisons pour lesquelles on vous considère ainsi ? » Réponse de l'écrivain : « Je n'en ai pas la moindre idée et c'est un sujet assez intéressant. » L'ancien ministre compara alors son accueil à celui reçu par de Gaulle à Chiraz, « dans une sorte de délire », lors de son voyage d'État en Iran en 1963. Malraux se souvint de ce qu'il avait alors dit au général :

> Je sais bien qu'il y a des éléments assez bizarres, je vais y revenir, mais il y a aussi que ces gens-là ne savent pas où est la France sur la carte. Or, il n'y a pas de doute qu'ils vous suivaient pris dans une sorte de fête religieuse dans un pays où les fêtes religieuses sont aussi des fêtes héroïques. [...] Et le général me dit : « La vérité c'est que je ne le comprends pas moi-même... »
>
> Alors maintenant si vous voulez, passons sur moi. Je pense une chose assez étrange : j'ai été pour eux un écrivain relativement important parce qu'un écrivain qui prenait parti pour eux dans des jours, il faut bien le dire,

1. Collection de l'auteur. Voir *André Malraux et la tentation de l'Inde*, *op. cit.*

assez noirs. Ça leur paraissait un écrivain d'autant plus important qu'il avait davantage pris parti pour eux. C'est simplement humain.

Donc, il y a un personnage qu'ils ne connaissaient pas et dont ils ne connaissaient qu'une chose, c'était qu'il s'était battu en Espagne, c'est-à-dire dans un domaine assez semblable au leur, et qu'il s'était battu dans un domaine tout à fait semblable (la Résistance).

Alors, ils ont le sentiment que je m'étais mis à leur service et qu'en somme, je me faisais des leurs. Et ça, c'était tout à fait vrai que j'acceptais ces conditions de combat qui étaient absolument... vraiment décourageantes, et en réalité, elles ne me décourageaient pas du tout.

Halphen ajouta :

Alors vous vous êtes assuré l'amour de la population du Bangladesh parce que vous avez été la première grande voix à vous prononcer en faveur de ce peuple qui luttait pour ne pas être exterminé[1].

Dans son Journal de voyage, Sophie de Vilmorin relate la suite des événements :

André revient trempé... vite, vite, la douche, la chemise fraîche... Nous nous rendons au grand déjeuner de trente personnes offert par Mujibur Rahman. Rickshaws bariolés, superbes arbres en fleur. André est assis à droite du libérateur du Bangladesh, moi, émue et honorée d'être placée à gauche de ce révolté aux hautes aspirations. À ma droite, le ministre des Eaux et Inonda-

1. Les passages que je cite dans ces pages sont extraits soit des rushes, soit du script du film de Philippe Halphen, déjà cité, Radio Télévision française (ORTF), 1973, « Plein cadre. Spécial André Malraux ». Je dois ces documents à la regrettée Henriette Colin.

tions. À peine de sieste puis départ pour Savar, où André dépose une couronne au pied du monument aux morts de la Résistance, vents, nuages de mousson, très beau. Sonnerie (aux morts) lancinante.

L'après-midi de ce samedi 21 avril, « à cinq heures de l'après-midi[1] », eut lieu le moment le plus douloureux, le plus pathétique, au-delà de toute rhétorique, de ces quatre jours, la visite à l'hôpital Suhrawardy des grands blessés de la guerre, « combattants de la liberté ».

Nous disposons, de la bouche et sous la plume de Malraux, de plusieurs versions assez similaires du récit de cette visite. La première est celle qu'il donna dans son discours à l'Alliance française de Dacca[2], une heure après s'y être rendu ; la deuxième, plus détaillée, est celle racontée à Philippe Halphen devant ses caméras ; la troisième, enfin, la plus spectaculaire, il la réserva au président de la cour d'assises de Versailles, aux magistrats et aux jurés qui allaient juger Jean Kay, le vendredi 12 octobre 1973.

Suivons les images qu'il nous en reste et le récit qui les accompagne.

> Cet hôpital est comble. Et il est comble de blessés qui ne sont pas guéris et qui sont souvent touchés d'une façon terrible. [...] J'arrivais au fond uniquement par profonde sympathie, parce que vous savez bien que ce n'est jamais facile, quand on n'est pas un prêtre, d'aller parler à de pauvres types qui sont sur un lit de souffrance. On a intérieurement le sentiment qu'on ferait

1. Voir le poème de García Lorca, « Chant funèbre pour Ignacio Sánchez Mejías », *Poésie* III, Gallimard (« Poésie/Gallimard »), 1968.

2. Voir Annexe II, document 4, p. 169.

mieux de leur foutre la paix. Et puis, en même temps, on sait que ça leur fait assez plaisir.

La caméra de Philippe Halphen suit Malraux dans ses visites aux blessés et les paroles amicales qu'il leur délivre :

> Traduisez simplement ceci : la dernière fois que j'étais dans les hôpitaux, c'était pour mes propres blessés. Il sait aussi que j'ai été un chef de maquis. Je les regarde avec la même tristesse que je regardais les miens… Et avec autant d'affection.

Pour Halphen, il raconte donc sa visite dans le détail :

> Alors j'arrive devant un homme qui avait des lunettes noires et les mains complètement amputées, la cigarette entre les tronçons des doigts, n'est-ce pas, tâtonnant avec sa cigarette. Je m'aperçois qu'il était aveugle. Cela commençait à devenir assez tragique. À côté, il y en avait un qui n'était pas aveugle, mais qui était encore plus amoché. Alors, les gosses, en bas, m'avaient collé des couronnes. Instinctivement, j'arrache la couronne et la jette sur les épaules du type en disant : « Ce n'est pas à moi qu'on devrait donner des fleurs, ici, c'est à vous ! »

À la fin de sa visite, Malraux improvise un discours à l'adresse des blessés :

> Ce n'est pas moi qui devrais recevoir les fleurs, c'est eux. Je continuais à marcher pour voir les autres malades et ce pauvre garçon, qui pouvait à peine marcher, est venu à ma rencontre pour remplacer la couronne que je lui ai donnée par celle-ci !

André Malraux brandit la couronne tricolore, particulièrement ému. Sophie écrivit : « Il est sorti de l'hôpital très bouleversé. »

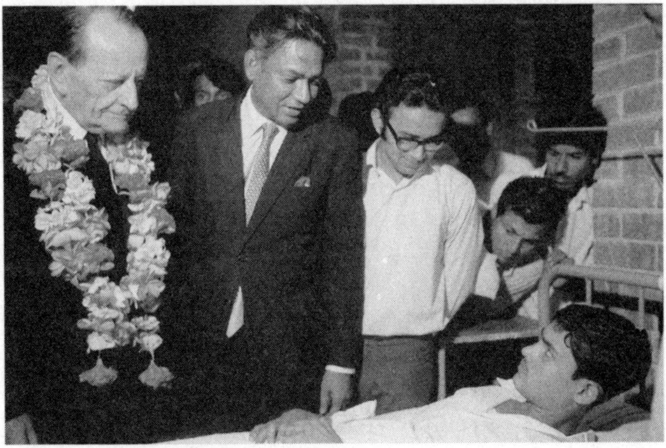

Visite à l'hôpital Suhrawardy, le 21 avril 1973.

DIMANCHE 22 AVRIL 1973

Le deuxième jour du voyage fut tout entier centré sur la grande cérémonie de réception organisée par l'université de Rajshahi.

Sophie de Vilmorin consigne dans son Journal de voyage les faits du jour :

> Lever à 6 heures, départ à 7 h 30 en avion pour l'université de Rajshahi. André écrit la suite de son discours

dans l'avion. Même paysage que la plaine du Gange : petits champs bien entretenus, mais sans aucune verdure, chaumières dans des bosquets d'arbres mais tout plein d'eau au lieu d'être desséché et immenses fleuves serpentant partout. Après l'avion, quelques minutes d'hélicoptère : mon premier.

À l'université, André disparaît endosser une superbe robe de satin rouge.

L'ambassadrice, Sophia Millet, et moi tapions les derniers feuillets pour le traducteur. La cérémonie a dû être retardée. Grande salle comble. Les étudiants qui n'ont pas de place se bousculent à l'entrée. La police les repousse. Long discours du vice-chancelier puis discours du président Chowdhury, le chancelier. Remise du diplôme à André qui met son bonnet à pompon.

Lors de sa réception à Bénarès en 1965, le vice-chancelier de l'université Sampurnanand de sanskrit avait déclaré : « Peu d'écrivains célèbres ont su atteindre une place aussi élevée dans les affaires gouvernementales. » Les rares photos dont on dispose montraient alors, comme à Oxford, un Malraux en toge classique noire. À Rajshahi, au contraire, son ample toge de satin rouge lui donnait une aura très spéciale. Comme sa robe semble n'avoir ni bouton ni accroche, on voit André Malraux la tenir fermée de sa main droite, tandis que sa main gauche repliée à la même hauteur tient l'étui en argent du diplôme et son bonnet noir à pompon.

Le président-chancelier Chowdhury fit un discours très noble dans lequel il présenta le peuple du Bangladesh à son illustre hôte tout en expliquant la portée du geste de l'écrivain à l'égard des Bangladais :

Le peuple du Bangladesh lutte pour la paix — pas seulement pour la prévention de la guerre et des conflits, mais pour la tranquillité profonde qui émane de la compréhension réciproque — de manière à réussir dans la grande tentative pour réaliser nos idéaux.

[...] Rajshahi est le lieu de nombreux souvenirs, d'actes héroïques et de souffrances tragiques, de notre peuple pendant notre lutte pour notre liberté. Pendant ces jours décisifs, votre entier soutien à notre juste cause fut pour nous une source de grande inspiration. C'est un plaisir de vous saluer ici aujourd'hui, comme chancelier de cette université et de la part des millions d'amis et d'admirateurs que vous avez dans ce pays, je vous souhaite la bienvenue du fond du cœur.

En vous, nous voyons un homme de lettres et de savoir et un homme d'action, mais par-dessus tout un homme de conscience. Car vous avez amené l'être humain à prendre conscience de sa propre grandeur cachée et vous l'avez inspiré dans sa lutte pour surmonter les forces du mal et de la tyrannie.

Je pense que j'exprime les pensées, non seulement de ceux qui sont ici, mais aussi de tous les compatriotes, quand je dis qu'en vous honorant, nous rendons hommage à la foi, à l'humanité dans sa capacité à modeler une destinée alors que tout est contre elle.

Vos efforts pour organiser un corps international de volontaires remontèrent le moral de nos « combattants pour la liberté » vers de nouvelles hauteurs. Ce fut un geste magnifique qui restera gravé dans nos mémoires. Cela élèvera nos esprits et nous donnera de la force dans les jours à venir, car notre lutte n'est pas terminée. Votre visite nous encourage dans nos efforts pour un lendemain meilleur, pas seulement pour le peuple du Bangladesh, mais aussi pour l'humanité entière[1].

1. Discours repris dans *The Bangladesh Observer*, 23 avril 1973. Inédit en français.

Puis le président Chowdhury conféra le diplôme de docteur *honoris causa*, dans son étui en argent, à Malraux, qui se coiffa de sa toque, trop petite pour lui et qu'il retira rapidement. Il s'avança alors vers le pupitre et prononça son discours solennel[1]. Il en reprit la plus grande partie dans son discours du lendemain à Chittagong.

Malraux, docteur honoris causa
de l'université de Rajshahi, 22 avril 1973.
À gauche, le vice-chancelier Khan Sarwar Murshid.

L'écrivain chercha à tisser un lien entre la guerre d'indépendance du Bangladesh et la grande histoire de l'Occident. Il situa également Mao Zedong dans la catégorie de Hitler et Staline, dans un esprit bien différent de ce qu'il avait dit de sa rencontre avec le

1. Voir Annexe II, document 5, p. 171.

Grand Timonier lors de son discours à la tribune du Palais des Sports de Paris en 1967 pour les élections législatives. À Rajshahi comme à Chittagong, il n'était plus l'heure d'évoquer la rencontre de 1965 avec un dictateur qui s'était allié au Pakistan contre l'Inde et par conséquent contre le Bangladesh. Un autre motif d'étonnement à la lecture de ce grand poème en l'honneur des héros et des martyrs bangladais fut le silence total de l'hôte d'honneur du Bangladesh sur la culture du Bengale oriental. Le seul personnage historique qu'il cita, hormis le Mahatma Gandhi, fut l'empereur Ashoka (– 304/– 232), qui unifia l'Inde et adopta le bouddhisme comme religion nationale, optant pour l'*ahimsa*, le principe de non-violence cher à Gandhi. Certes, Malraux relia avec panache la Grèce à l'Inde et en l'occurrence surtout au Bangladesh ; mais recevoir un doctorat *honoris causa* en littérature sans citer un seul poète bengali (pas même le seul Indien à avoir reçu à ce jour le Nobel de littérature, Rabindranath Tagore !) a pu faire dire à plusieurs d'entre nous que Malraux, ce jour-là, fit preuve d'un peu de négligence ou, comme l'écrit Bernard-Henri Lévy, de désinvolture[1].

Plusieurs témoins français de ce voyage et de ces prises de parole publiques furent désarçonnés par ces constantes références à l'Inde, ici à Nehru, là au Mahatma Gandhi ou à l'empereur Asoka, « ils se demandaient parfois si Malraux n'oubliait pas qu'il était dans un pays musulman[2] ».

Dès la fin des festivités, André et Sophie partirent

1. *Dictionnaire Malraux, op. cit.*, p. 65.

2. Note de François de Saint Cheron, dans *Essais, OC VI, op.cit.*, p. 1266.

visiter au pas de charge le musée de Rajshahi, où un Shiva hermaphrodite intéressa particulièrement l'écrivain. Dès leur retour à Dacca, dans leurs appartements, ils crurent avoir un moment de repos pour l'heure du repas ; c'était sans compter avec leur hôte, le président Chowdhury, qui débarqua un peu à l'improviste avec sa femme et leurs trois enfants pour partager le repas. Le déjeuner se prolongea bien sûr et les deux hommes parlèrent de la Chine, du contrôle des naissances, des besoins urgents pour l'économie. « Adieu sieste », note Sophie.

Le reste de l'après-midi fut réservé à la visite de deux musées de la capitale puis, le soir, le ministre des Affaires étrangères, le Dr Kamal Hossain, offrit un dîner en l'honneur de son hôte à la résidence des hôtes d'État, à Dacca.

LUNDI 23 AVRIL 1973

Réveil à 7 h. André va heureusement à merveille malgré ses courtes nuits et cette vie de fous. Millet lui dit qu'il doit faire un discours à Chittagong. Donc André le rédige dans l'avion qui survole la platitude des terres trempées. À Chittagong, nous allons à la maison de la riche famille Khan, où André finit son discours, que Sophia Millet recopie pour le traducteur, le Pr Qureshi. Tout est retardé mais tant pis. Ils mènent André vraiment trop durement. En plus, nous ne pouvons pas aller à Bénarès demain, car Millet a mal confronté avec ceux de l'Inde et mis tellement de choses au programme que nous restons ici une matinée de plus.

Réception triomphale par la municipalité et les étudiants de Chittagong. Tentes multicolores, discours d'André épatant, très bon micro. C'est un succès complet avec colliers de fleurs et cadeau, il s'agit d'un manuscrit et du discours de M. Khan dans un étui en bambou[1].

Tout au long de ce périple, le traducteur fut le Pr Mahmud Qureshi, professeur de littérature française qui s'intéressait beaucoup à l'œuvre de Malraux. Il était le chef du département des langues à l'université de Chittagong. À son retour à Paris, Malraux lui adressa une belle lettre le remerciant de ses traductions :

> De retour à Paris, je tiens à vous dire la mémoire amicale que je conserve de notre collaboration. Vous m'avez beaucoup aidé ; et sans vous, ma relation avec nos auditeurs de Chittagong n'eût point été ce qu'elle fut. L'intelligence, la rapidité, le ton de vos traductions ont établi une communication, et quelquefois une communion, dont je vous suis reconnaissant.
>
> Espérons que nous pourrons mener à bien ce que nous avons entrepris pour votre pays, qui est devenu un peu le mien[2].

L'accueil fut tout aussi fraternel et enthousiaste à Chittagong, tant par le recteur de l'université, le professeur Abal Fazal, que par le président du comité de réception : « Le Bangladesh vous attendait déjà avant sa naissance. Dans la politique, en France comme dans le monde, vous êtes un être d'exception[3]. »

Malraux prononça un discours plus abouti qu'à Rajshahi, évoquant en particulier le comportement du gouvernement chinois :

1. Sophie de Vilmorin, Journal de voyage.
2. Lettre du 8 mai 1973, collection du professeur Qureshi, qui figure dans *Lettres choisies*, *op. cit.*
3. Discours de réception du recteur Abu Fazal, accueillant André Malraux le 23 avril 1973, à Chittagong (*op. cit.*).

> Puisque c'est ici que les premiers militaires du Bengale ont rejoint, en mars-avril 1971, les combattants du Peuple,
>
> Je vous parlerai d'abord de ce que Chittagong a signifié pour nous dans l'histoire de la Libération du Bangladesh. [...]
>
> Si la Chine a réellement aidé le Pakistan, elle l'a aidé contre ceux qui ressemblaient à ses propres soldats, ceux que depuis Lénine on appelle les Partisans !
>
> Salut, morts des forêts qui nous entourent ! Vous avez montré au monde qu'on n'assassine jamais assez pour tuer l'âme d'un peuple qui ne se soumet pas.
>
> C'est vous dont la foule est allée chercher Sheikh Mujibur Rahman dans sa prison et les chars alliés sont entrés dans Dacca escortés de vos millions d'ombres.
>
> Nous vous avons défendus parce que vous étiez le peuple le plus cruellement décimé, le plus menacé.
>
> Votre libération a tenté d'unir le langage du Bengale éternel à celui de notre Révolution. Le monde ne semble pas vouloir comprendre qu'elle est la seule avec celle de l'Inde qui ne s'achève pas par un totalitarisme.
>
> Ni Staline, ni Hitler, ni Mao : Gandhi et Sheikh Mujibur Rahman[1] !

Chacun mesure la force des paroles de Malraux. Sophie de Vilmorin, dans une très belle page d'*Aimer encore*, raconte : « La réception est enthousiaste. Au son de la voix d'André Malraux, les vivats éclatent, l'immense gratitude de ce peuple convalescent s'exprime en longues clameurs, et l'émotion submerge tout. »

Ce n'est pas à tort que ces intellectuels bangladais voyaient en Malraux le symbole vivant de la générosité

1. Voir Annexe II, document 6, p. 173.

de la France dans le monde, de celle qui n'est jamais plus grande que lorsqu'elle l'est pour tous, selon sa célèbre formule.

Après la cérémonie et les discours, un rendez-vous important attendait Malraux avec le directeur du port de Chittagong, le premier du pays. Sophie de Vilmorin nota : « Long exposé d'icelui, petit mot d'André. Puis André prononça un court message à l'adresse des jeunes qui l'attendaient en bas. Ensuite nous déjeunons chez les Khan puis long après-midi pendant qu'André met au point l'aide à apporter à Chittagong avec les idoines. » Mais ce n'était pas fini, ce qui mit Sophie de Vilmorin hors d'elle. L'ambassadeur emmena Malraux visiter l'Alliance française puis une exposition de peintures modernes dont des tableaux de Sophia Millet : « De là, nous partons à l'inauguration de la galerie d'art de Chittagong. Tentes, discours d'André sur l'art. Il dévoile une plaque commémorative. André est en eau. »

Le soir, l'ambassadeur n'avait rien prévu de mieux, après cette harassante journée, que de convier l'équipe d'Halphen, Garofalo et quelques *happy few* pour une petite croisière sur le lac Kaptai avec son hôte de marque, qui au bout de quelques dizaines de minutes, n'en pouvant plus, alla rejoindre Sophie sur le pont et l'emmena au bastingage, loin des projecteurs, « pressant son corps contre mon corps », écrira-t-elle.

Dix-sept ans plus tard, François Mitterrand, le vieil « ennemi intime » de Malraux, comme l'appelait Jean Lacouture[1], fut reçu du 22 au 23 février 1990 au Bangladesh. Il fut ainsi le premier président français à y avoir fait le déplacement. Il se refusa pourtant obstinément

1. *Mitterrand, une histoire de Français,* 2. *Les Vertiges du sommet,* Seuil, 1998.

à prononcer le nom d'André Malraux, alors qu'il est bien dans la tradition de ces rencontres d'État de rappeler les précédents heureux et les noms de ses prédécesseurs illustres à avoir accompli le voyage — et quel voyage ! Aucun journaliste présent à la conférence de presse n'eut la présence d'esprit de raviver le souvenir de l'écrivain mort.

Il n'en reste pas moins que Mitterrand renforça les relations diplomatiques entre nos deux pays. Dix ans plus tard, en 2000, la France, en la personne de Jacques Chirac, recevait pour la première fois un chef d'État bangladais, Sheikh Hasina, la fille de Mujibur Rahman, l'une des rares à avoir échappé à l'assassinat de presque toute sa famille en 1975. En septembre 2015, le ministre des Affaires étrangères français fit un voyage officiel avec son homologue allemand afin de préparer la COP 21 et d'inaugurer ensemble la première ambassade franco-allemande colocalisée dans le monde.

À ce jour, il y a toujours deux Alliances françaises dans le pays, celles qui accueillirent Malraux, même si les bâtiments ne sont plus les mêmes. Chacune conserve dans son histoire la visite mémorable de l'écrivain français.

MARDI 24 AVRIL 1973

Pour clore ces quatre jours bien occupés, Malraux ira faire ses adieux à Mujibur Rahman, qui le saluera par ces mots riches de signification : « Vous devez avoir vu comment notre peuple vous a attiré près de son cœur. » Réponse de Malraux : « J'ai compris que le peuple du Bangladesh a beaucoup plus souffert que les Européens ne l'imaginent. »

Malraux confia à Halphen des paroles plus personnelles sur le père de l'indépendance, qui eussent sans nul doute touché son auditoire s'il les avait prononcées publiquement :

> Il y a dans Sheikh Mujibur Rahman un personnage qui est essentiellement un grand orateur. Ensuite — il serait peut-être très étonné d'entendre ce que je vais vous dire — je crois qu'il est, même s'il ne le sait pas, une sorte de chevalier de l'islam qui eût été très à son aise dans l'armée de Saladin. Il a cette vue à la fois chevaleresque, généreuse et un peu romantique d'une certaine noblesse du combat. Vous savez qu'il s'est conduit avec la plus grande fermeté en prison. Et alors, le dernier point : il a sans doute été intéressé par le problème suivant : « Malraux a vécu auprès du général de Gaulle des circonstances semblables à celles dans lesquelles je me trouve. Et je voudrais bien savoir ce qu'il pense qu'aurait fait le général de Gaulle à ma place. »

Puis eut lieu la conférence de presse officielle organisée par le gouvernement du Bangladesh. Dans le film de Philippe Halphen, elle prend place avant les grands discours de Rajshahi et Chittagong. Dans une note manuscrite précieuse qui porte comme intitulé : « Bangladesh — conférence de presse », Malraux a noté ceci :

> 1. Position morale du Bangladesh. Ne pas laisser oublier que sa lutte a été une réponse à une extermination délibérée.
>
> *Fin* :
>
> Optimisme à cause de la Russie et de notre Libération. Mais la tâche sera dure et exigera de remporter dans la paix la victoire remportée dans la guerre.

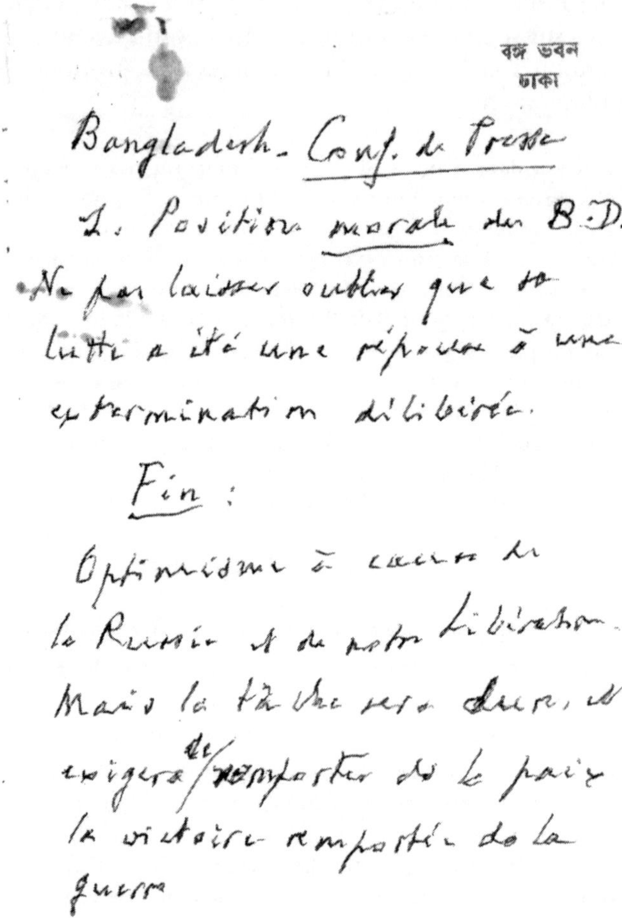
বঙ্গ ভবন
ঢাকা

Bangladesh – Conf. de Presse

1. Position morale du B.D.

Ne pas laisser oublier que sa lutte a été une réponse à une extermination délibérée.

Fin :

Optimisme à cause de la Russie et de notre libération.
Mais la tâche sera dure, et exigera de remporter dans la paix la victoire remportée dans la guerre

« Bangladesh — conférence de presse »,
note manuscrite d'André Malraux [24 avril 1973].

Dans un autre moment du documentaire, l'ancien colonel Berger identifia des similitudes entre la Résistance bengalie et la Résistance française :

> Si vous n'aviez pas combattu, l'arrivée des chars indiens n'aurait servi à rien, parce qu'il n'y aurait pas de Bangladesh. Ce que vous avez fait ce n'est pas : être plus forts que les chars, ce que nous avons fait, ce n'est pas être plus forts que les chars, ça n'a pas d'importance.

En aparté, à son traducteur, il insista pour qu'il fasse ressortir la force de ce qu'il allait ajouter :

> Si vous pouvez traduire parce qu'en français la phrase est très forte :
>
> « Mais vous avez été des témoins ! »
>
> Il se trouve que certains écrivains, particulièrement français, surtout en France, ont été des hommes d'action et qu'ils ont été... des combattants et aussi des artistes. En Allemagne, je pense à Goethe, ce serait plutôt des ministres et de grands artistes. [...] Mais... c'est le hasard, on ne peut pas en tirer une théorie.

Malraux sut aussi faire preuve d'esprit pratique et s'engagea à aider le Bangladesh à son retour en France. L'a-t-il vraiment fait, en particulier auprès de son ami Jacques Chaban-Delmas, maire de Bordeaux, ville jumelée à Chittagong depuis 1972 ? La question reste ouverte, mais rien ne nous autorise à dire qu'il a oublié le Bangladesh à son retour à Verrières. Toujours à Philippe Halphen, il expliqua comment il voyait l'aide à apporter à ce pays :

> Ce pays a été littéralement décimé. Alors de quoi s'agit-il ? Tout d'abord de déterminer dans quelle mesure leur planification peut être ordonnée sur l'essentiel, de telle façon qu'il faut que le plan corresponde à ce qui peut leur être donné. [...] Tout ce qui est capital pour la reconstruction arrive à Chittagong. C'est à peu près déminé, mais enfin il faut absolument et de façon urgente des dragueurs et une installation électrique [...] et un canal de dérivation pour que les bateaux coulés ne restent pas un obstacle, pour les bateaux qui doivent apporter ce dont le Bangladesh a besoin.

Enfin, sur la question cruciale des échanges de prisonniers, il se plut à rappeler qu'il avait été « obligé par la vie à certaines responsabilités d'État, enfin, je veux dire : ils ne croient pas que je viens des Deux Magots avec des théories. Ils savent que je sais très bien ce que ça veut dire des échanges de prisonniers[1] ».

Puis ce fut non pas un adieu mais un simple au revoir au président Chowdhury, qui devait quitter la présidence de la République en décembre 1973 et revenir de temps à autre à Londres. Ainsi put-il revoir Malraux, à deux reprises au moins, à Verrières. Ce fut le cas aussi pour le professeur Qureshi et le docteur Hassain, qui avait organisé le légendaire voyage à Dacca comme ministre des Affaires étrangères.

Sophie de Vilmorin me confia que, tout compte fait, Malraux s'était senti plus en phase avec le président Chowdhury, qui avait fait l'effort de lire une version anglaise d'un ou deux de ses livres, qu'avec Mujibur, qu'il admirait par ailleurs — et l'on sait combien l'écrivain aimait l'héroïsme et les héros.

1. Script de l'émission, *op. cit.*

Le peuple du Bangladesh semble avoir vite déchanté avec Mujibur Rahman, qui n'était, de toute évidence, pas préparé à diriger un pays en proie à tant de rivalités et, de surcroît, l'un des plus pauvres du monde. L'histoire fut impitoyable avec lui, comme on le sait depuis son assassinat. Un an après le voyage de Malraux, Mujibur reçut le Premier ministre pakistanais Ali Bhutto à Dacca. Le correspondant du *Monde*, Patrice de Beer, fut le premier à être interloqué par la ferveur avec laquelle celui qui symbolisait l'ennemi d'hier était accueilli. « C'est aux cris de "*Bhutto zindabad !*" et de "*Pakistan zindabad !*" que le Premier ministre du Pakistan fit, jeudi 27 juin 1974, son entrée dans la capitale du Bangladesh. Plusieurs dizaines de milliers de personnes enthousiastes, des jeunes surtout, lui ont réservé un accueil triomphal. Fait surprenant, le chef du gouvernement bangalais, M. Mujibur Rahman, qui était assis au côté de son ancien adversaire, n'était guère associé par la foule à cette manifestation de sympathie imprévue[1]. »

Quant à l'envoyée spéciale du *Figaro* à partir de 1971, Huguette Debaisieux, elle consacra une pleine page au Bangladesh le 19 avril 1973, veille de l'arrivée de Malraux. Elle commençait son article par une anecdote qui en dit long sur la suite des événements, persuadée qu'elle arriverait aux oreilles de l'écrivain. À la veille de l'anniversaire du Bangabandhu, soit le 15 ou le 16 mars précédent, celui-ci recevait dans la salle de réception du Parlement provisoire, bondée, les ambassadeurs et diplomates des quatre-vingt-dix-sept pays à avoir reconnu le Bangladesh. Cette cérémonie marquait l'investiture du futur gouvernement

1. *Le Monde*, 29 juin 1974.

avec tous les ministres présents. « Cheikh Mujib, en costume du pays — gilet noir et chemise blanche —, présidait la séance, respectueusement encadré par la masse des deux cent quatre-vingt-huit députés fraîchement élus de son parti. Tout à coup, au milieu de la cérémonie, on entendit un craquement. Le dossier du fauteuil de velours sur lequel le Bangabandhu était assis venait de s'effondrer. Cheikh Mujib resta alors plusieurs minutes sans broncher, en pénible équilibre, avant qu'on ne lui apporte un autre siège plus résistant. Cet incident a une valeur de symbole. Il est à l'image du pays. »

Il ne semble pas que Mme Debaisieux ait rendu compte du voyage de Malraux, lequel paraît être une parenthèse hors du temps dans la courte vie de Mujibur.

À midi et demi, ce mardi 24 avril, André Malraux et Sophie de Vilmorin quittèrent le Bangladesh pour Bénarès-Varanasi. Ils étaient encore une semaine les invités du gouvernement indien.

Les lendemains qui chantent
Du « Spécial André Malraux »
au procès Jean Kay

Après un périple à Bénarès, Khajurâho et trois jours de rêve au Népal, André Malraux et Sophie de Vilmorin retrouvèrent Verrières le vendredi 4 mai 1973.

Les liens de l'écrivain avec le Bangladesh, nés d'une rencontre inattendue dans l'ordre du tragique et de l'histoire, se maintinrent cahin-caha jusqu'à la fin de sa vie. On se souvient qu'Indira Gandhi pesa de son autorité et de sa fonction dans l'attribution qui lui fut faite du prix Nehru pour la compréhension internationale, autrement dit pour la paix, en novembre 1974. Elle l'invita pour la cérémonie de réception à Delhi.

Entre le 8 et le 20 mai 1973, l'écrivain adressa quelques remerciements à ses hôtes, dont celui déjà cité à son traducteur, le professeur Qureshi. Il écrivit des lettres politiques à Indira Gandhi, Mujibur Rahman et au président Chowdhury, ainsi qu'à un ministre sans doute pakistanais qui n'a pu être identifié à ce jour malgré mes recherches. À la Première ministre de l'Inde, il fit part de son témoignage :

> J'ai vu avec grande joie la transformation que les cinq dernières années ont apportée à Delhi, et sans doute

à l'Inde. Le Rashtrapati Bavan devient le mausolée de l'Empire britannique — un de plus dans votre pays de mausolées illustres. Malgré les diverses menaces auxquelles vous faites face avec tant de fermeté, le développement de l'Inde, depuis mon dernier voyage, est éclatant. Le monde aura des surprises avec elle. On peut tenir pour imprudent d'en juger après un si court passage, mais Keyserling disait que rien ne remplaçait la découverte apportée par le premier regard...

Et j'ai vu avec une amicale tristesse les oiseaux qui se promenaient sur le gazon funéraire de Nehru, ceux qui voletaient dans le grand arbre du Mémorial[1].

Sa lettre la plus émouvante, il la réserva à Mujibur Rahman, datée du 20 mai.

De retour à Paris, je tiens à vous remercier de l'accueil que votre peuple et vous-même avez bien voulu me réserver. Je souhaite de tout cœur faire en sorte que mon pays, qui fut souvent, jadis, celui des nations menacées, le devienne une fois de plus en faveur de la vôtre : je pense que, comme moi, il le tiendrait pour un honneur.

Avec la même joie que j'avais éprouvée devant votre libération et celle de votre pays, j'ai vu l'espoir qui vous accompagne dans la terrible tâche que vous avez assumée. Selon la célèbre phrase de Churchill pendant la guerre mondiale : ce n'est pas encore le commencement de la fin, mais c'est la fin du commencement.

Avec le président Chowdhury, il évoqua des aspects plus pratiques :

Je vais envisager avec votre ambassadeur l'exécution des projets que nous avons formés. Sans doute vous a-t-il

1. *Lettres choisies*, *op. cit.*, p. 323.

rendu compte des déclarations que j'ai faites devant les diverses télévisions dès mon arrivée à l'aéroport.

Un dernier brouillon de lettre à un ministre, dont l'original ne nous est pas parvenu, mérite notre attention, puisque Malraux le désigne comme un « double important » pour son « Dossier Bangladesh » :

> Monsieur le Ministre,
>
> Je reviens de Chittagong et sais qu'une étude complète de la question des *Hill Tracts*[1] est entreprise. Mais rien n'est plus urgent que panser les plaies laissées par la guerre. Et il y a beaucoup de plaies.
>
> Je vous suis reconnaissant du ton de votre lettre, et vous prie de croire, Monsieur le Ministre, à l'assurance de ma haute considération.
>
> André Malraux, ancien ministre d'État

Le 24 mai, Jacqueline Picasso invita l'ancien ministre des Affaires culturelles à Notre-Dame-de-Vie à Mougins, pour qu'il l'aidât dans la succession du peintre, mort le 8 avril, quelques jours avant le départ de Malraux en Inde. Cette découverte de l'atelier du grand artiste, qui ne cessa de fasciner Malraux, fut un vrai choc. Dès le lendemain, il stoppait net l'écriture de son poignant *Lazare* pour commencer, sans s'en expliquer à Sophie de Vilmorin, *La Tête d'obsidienne,* ouvrage consacré pour l'essentiel à Picasso, à partir de ses ultimes rencontres avec lui en 1945 à l'atelier des Grands-Augustins, dans lequel Malraux ajouta plusieurs chapitres autour

1. Les *Hill Tracts* désignent la chaîne de montagnes éponyme de la région sud-est du Bangladesh.

de l'exposition du *Musée imaginaire* à la Fondation Maeght.

LE FILM DE L'ORTF, JUILLET 1973

Au mois de juin, *Paris-Match* publia, sous le titre « Malraux retour aux Indes », un dossier de sept pages avec les photos en couleur de Jack Garofalo. Celle figurant sur la double page d'ouverture avait été prise dans les salons de la Première ministre de l'Inde. Le mois de juillet s'ouvrit avec l'inauguration du Musée du message biblique Marc-Chagall à Nice, à l'origine duquel il était, suivie le 13 par celle de l'exposition *André Malraux et le Musée imaginaire* à la Fondation Maeght, concoctée par Aimé Maeght et Jean-Louis Prat. Chagall assista en voisin à la cérémonie et au dîner. Le lendemain, Jacqueline Picasso envoya son chauffeur à André Malraux et Sophie de Vilmorin pour les conduire à Notre-Dame-de-Vie, d'où ils partirent déjeuner à Vauvenargues, le petit château provençal acquis par Picasso où il repose.

C'est en ce mois de juillet 1973 que l'ORTF choisit de diffuser les deux volets du film de son voyage au Bangladesh et en Inde, « Plein cadre. Spécial André Malraux, l'action et la pensée ». La première émission est intitulée « Bangladesh : An I, du désespoir à l'espoir » et la deuxième, « André Malraux en Inde : 5 000 ans de civilisation ». Jamais ces films n'ont été reprogrammés. Je l'ai dit — doit-on le redire ? : pour quel autre grand écrivain français (et d'une façon plus générale, quelle télévision d'une autre nation pour l'un de ses écrivains ou artistes), l'ORTF hier, France Télévisions aujourd'hui, ont-elles envoyé à l'autre bout du monde une équipe de trois personnes pour suivre son périple de près de trois semaines ? Seuls les grands explorateurs ont droit à ce genre de film, ou quelque vedette médiatique. Mais un écrivain ?

Les hebdomadaires *Télé 7 jours* et *Télérama* consacrèrent deux pages au reportage de Philippe Halphen, qui fut diffusé d'abord les 6 et 13 juillet 1973 à 21 h 35 puis en reprise les 22 et 29 juillet, cette fois à 20 h 30. Le documentaire attira des millions de téléspectateurs, pour ces deux fois deux heures consacrées à Malraux en un mois, sans parler des reportages sur la grandiose exposition du *Musée imaginaire* à Saint-Paul-de-Vence.

J'ai conservé cette double page de *Télé 7 jours*, qui porte comme titre : « MALRAUX : "Une vie ne vaut rien mais rien ne vaut la vie". » Jean-Baptiste Jeener y livre une analyse assez juste du « personnage apparemment bicéphale qui a su allier en lui-même la pensée et l'action, mais aussi l'être et le paraître. Il a, par ailleurs, fixé en deux phrases les limites de ce risque : "Une vie ne vaut rien mais rien ne vaut la vie" (*Les Conquérants*) ; "On peut tout accepter, hormis l'exploitation de l'homme par l'homme." [...] La tragique aventure du Bangladesh [...] est la dernière en date des "compromissions" auxquelles s'est livré André Malraux. Son intérêt passionné pour tout ce qui touche à l'homme ne pouvait pas le détourner d'un tel événement. »

Avec le recul, et pour connaître quasiment toutes les pièces importantes du dossier, j'aurais écrit : « pour tout ce qui touche à l'Inde... ». Mais c'est bien vu et le mot « compromissions » est parfait. *Télérama*, quant à lui, consacra en date du 22 juillet une pleine page au Bangladesh, reprenant à bon escient un passage de la biographie de Lacouture qui venait de sortir, où le journaliste mettait en exergue un élément de sa défense : « L'idée de voir cet homme de soixante-dix ans pantelant et halluciné mener une action guerrière a quelque chose d'absurde. Mais qui n'a jamais vu partir pour la guerre une foule anonyme de pâtissiers, de secrétaires de mairie et de plombiers-zingueurs n'a jamais mesuré les limites de l'inaptitude à l'action des gens qu'on accepte à mourir. » Au premier regard, cela n'était pas très flatteur pour Malraux, car c'était faire fi de ses engagements militaires passés.

L'été n'était pas fini ; Malraux inaugurera sur le plateau des Glières, en Haute-Savoie, le monument national de la Résistance, œuvre d'Émile Gilioli, sculpteur italien résidant en France.

LE PROCÈS DE JEAN KAY, OCTOBRE 1973

Le procès de Jean Kay, le « pirate au grand cœur » comme le nommait son avocat Jean-Marc Varaut[1], approchait. Ce dernier avait demandé à Malraux « de venir témoigner de la légitimité de l'objectif de Jean Kay, à défaut de sa légalité ». Malraux laissa dans un premier temps la lettre sans réponse, puis à l'avant-veille du procès il fit appeler l'avocat le 8 octobre par Sophie de Vilmorin pour l'inviter deux jours plus tard.

Jean-Marc Varaut a fait un récit certainement authentique de cette rencontre, et a semblé presque surpris par l'« étonnant réalisme » de Malraux quand celui-ci l'entreprit « sur les chefs d'accusation, l'origine sociale des jurés, l'ordonnancement de la salle d'audience, la

1. *Un avocat pour l'Histoire. Mémoires interrompus, 1933-2005, op.cit.*

durée de son audition et les questions [qu'il] lui poserai[t] ». Il improvisa encore « tout en déambulant » la chute de son intervention, qui laissa pantois l'avocat.

Malraux était-il secrètement fier d'avoir fortement agacé le président de la République Georges Pompidou quand il apprit que son ancien ministre d'État « viendrait témoigner pour un pirate de l'air » ? Le plus drôle dans la description de Varaut est le moment où il raconte combien le terme « pirate » éveilla visiblement chez Malraux une résonance insaisissable : « Il répète "c'est un pirate ! un pirate !" en regardant le sol[1]. »

Au début de l'après-midi du 12 octobre 1973, la DS noire de l'écrivain arriva devant le palais de justice de Versailles. Il était prêt à témoigner devant la cour d'assises. La salle d'audience était surchauffée quand Malraux y pénétra. Ce jour-là, pour la première fois, la chance de l'écouter sur le vif s'était offerte à l'auteur de ces pages.

> Monsieur le ministre, Pouvez-vous parler de la situation au Bangladesh avant le 3 décembre 1971 ?

À cette question de l'avocat, André Malraux répondit :

> Monsieur le Président, Mesdames, Messieurs,
>
> Le premier élément sur lequel je puisse concourir à notre justice, c'est de préciser les différences entre ce dont on parle maintenant et ce qui s'est passé. Maintenant, il y a eu la guerre victorieuse des Bengalis. En ce temps-là, il y avait le Pakistan qui venait d'extermi-

1. *Ibid.*, p. 196.

ner trois millions de Bengalis sans aucune raison sinon électorale, le maquis et rien. Pour l'accusé, on parle de pirate. Si les pirates n'avaient pas fait autre chose que de voler des médicaments sur les galions du roi d'Espagne, je pense qu'on en parlerait aujourd'hui comme d'un ordre religieux.

Dans les actes de ce genre, il entre un mélange de grande générosité et de petite folie. Mais l'histoire, en se retirant avec le temps, balaie la générosité et ne laisse que la folie. Car ces trois tonnes de médicaments obtenues par Jean Kay sont bien arrivées là-bas, ça a fait 600 000 piqûres et ces 600 000 personnes sauvées, ça compte.

Si nous voulons comprendre ce qui s'est passé, il faut en gros dire ceci : supposons que pendant la guerre un avion allemand ait été arrêté en Inde et obligé de porter des médicaments aux maquisards des Glières ou du Vercors, on l'aurait peut-être oublié aujourd'hui. Eux, là-bas, n'ont pas oublié le geste de Jean Kay. Quel dommage que l'accusé n'ait pas réussi, il n'y aurait pas eu de victimes. Il serait resté au Bangladesh et aurait été couvert d'honneurs. S'il était ensuite rentré en France, au lieu de se trouver là où il se trouve aujourd'hui, eh bien, il aurait fait le tour de notre pays et les conseillers municipaux lui auraient offert des vins d'honneur, car d'une certaine manière, il a représenté la France.

Le temps passe et il est assez dur que le temps passe.

Maintenant, je voudrais rappeler un souvenir en précisant bien que ce souvenir ne vient pas ici aujourd'hui pour la défense d'un homme. Je l'ai résumé à mon retour du Bangladesh pour la télévision française, quand je suis allé là-bas. On m'a fait visiter un hôpital comblé de blessés. J'en avais l'habitude autrefois pour d'autres raisons. Donc, je me trouve en face d'un malheureux qui avait une jambe coupée au genou et un bras coupé au coude. Et on venait de me remettre, selon l'usage, un de ces grands colliers de fleurs. Assez douloureusement éprouvé, je prends le collier et le mets au cou de ce garçon en disant : « Il le mérite beaucoup mieux que moi. »

La visite continue pendant vingt-cinq minutes et je me trouve à côté de la porte ; à côté de la porte, il y avait l'amputé qui, avec l'aide de ses moignons, était arrivé avec ses compagnons à arracher toutes les fleurs pour ne laisser que les fleurs bleues, les fleurs blanches et les fleurs rouges. Et il me tendait les couleurs de la France.

L'homme que vous allez juger méritait mieux que moi ces fleurs-là.

Voilà ce que j'avais à dire, Monsieur le Président, Mesdames, Messieurs[1].

Un instant avant une suspension d'audience pour que chacun reprenne son souffle, et aussi pour permettre à Me Varaut d'aller remercier André Malraux, l'avocat avait lu une lettre de l'ambassadeur du Bangladesh en France : « Nous conservons un souvenir reconnaissant à M. André Malraux et à Jean Kay, pour ce qu'ils ont fait au temps de notre malheur. »

Malraux avait terminé son témoignage, quand, fort ému, je le saluai à la sortie de la salle d'audience où je l'avais précédé. En me dédicaçant le catalogue de l'exposition à la Fondation Maeght, il me dit : « J'écris Versailles, car il n'y aura pas foule. » C'était compter sans la foule des journalistes qui l'attendaient sur le perron du palais de justice. Seul l'un d'entre eux eut l'opportunité de lui poser sa question pour la télévision : « Est-ce que vous ne craignez

1. Voir Annexe II, document 7, p. 176.

pas d'avoir cautionné en quelque sorte un acte criminel ? » Plus détendu que devant la cour d'assises, il répondit :

> Je n'ai pas le choix, je n'ai pas le choix. Quand j'ai fait l'appel, il y a ceux qui ont répondu à ce que je demandais. J'avais demandé à personne d'arrêter des avions, mais enfin, je n'ai pas le droit de dire, moi : « Il n'avait qu'à faire exactement ce que j'ai dit. » J'ai dit ce que j'ai dit, chacun l'a interprété comme il a pu. Ce garçon l'a interprété comme vous savez. Bon, au fond, on n'a tué personne, et puis, vous savez alors, puisqu'avec vous on peut parler, ce n'est pas le tribunal, je vais vous dire une chose très sérieuse : tout ça, c'est incroyablement disproportionné. Il est dans la nature de la justice de transformer tout dans son sérieux à elle en choses extrêmement sérieuses. Eh alors, tout ça, comme si nous étions vraiment à la cour d'assises, mais enfin de quoi s'agit-il ? Voyons, voyons ! Quoi ! C'est une histoire un petit peu louftingue, et puis il a fait faire 600 000 piqûres, eh bien, vous savez, s'il n'y avait personne qui fasse pire, on pourrait s'arranger !

Le soir même toutes les radios et télévisions bruissaient de ces mots de Malraux, après que les journalistes eurent annoncé que Jean Kay avait finalement été condamné à cinq ans avec sursis. Quelques mois plus tard, l'intrépide Jean Kay adressa à André Malraux une carte du Liban, où il était parti pour d'autres aventures, lui témoignant sa reconnaissance. Il ne devait jamais le revoir.

C'est durant cette période qu'un poète et traducteur bangladais installé à Paris, Prithwindra Mukherjee, lui envoya la dactylographie d'un choix de poèmes portant le titre : « Poèmes du Bangladesh », pour obtenir aide et préface. Ici, Malraux nous déçoit un peu, malgré son gros travail en cours sur Picasso et le Musée imaginaire pour *La Tête d'obsidienne.* Il demanda d'abord à Jacqueline Blanchard, l'assistante de son éditeur et vieux complice de quarante ans Albert Beuret, entré chez Gallimard après qu'il eut quitté la rue de Valois, de répondre directement à M. Mukherjee. Puis il chargea Sophie de Vilmorin de répondre de sa part : « Mes contrats ne me permettent pas d'écrire de préfaces pour des auteurs vivants. » On sait qu'en dehors d'un cercle d'amis très proches comme le père Pierre Bockel, José Bergamín, son ami poète de l'époque de l'escadrille España, ou bien sûr Manès Sperber, l'ami juif autrichien, connu à Paris en 1934, le compagnon des années noires de l'antifascisme et de la lutte contre le nazisme, et quelques autres, il écrivit peu de préfaces. Mais à Bernard Gavoty, le musicologue et musicographe, il avait accordé qu'il reprenne certains de ses propos de la série télévisée *La Légende du siècle,* de Claude Santelli et Françoise Verny, pour en faire des « Maximes en forme de préface par André Malraux » à sa *Lettre à Mozart sur la musique*[1]. On peut donc regretter que, pour ces poèmes bangladais, il n'ait fait aucun effort. Il a toutefois feuilleté les premières pages et noté un vers du premier poème sur une fiche précieuse qu'il intitula « Notes non employées », rattachée à quelques autres feuillets sous une fiche-titre : « Chapitre Bengale ». Ces textes, au moins, auront ainsi été arrachés à l'oubli : « Je veille le long des nuits pour celui qui m'a volé le sommeil… », de

1. Émile-Paul éditeur, 1973, p. 11-16.

Jasimuddin, appelé aussi Palli Kabi, poète pastoral et compositeur bangladais (1903-1976). Le livre de Prithwindra Mukherjee fut publié en 1974 par un éditeur parisien.

Malraux eût aimé en particulier cet autre poème, « Le 21 février », écrit par Alauddin Al-Azad (1932-2009) :

Quelle est cette mort, cette mort qui n'arrache
Ni paroles douloureuses ni gouttes de larmes ?
De l'Himalaya jusqu'aux plages toute la souffrance
Se transforme brusquement en couleurs d'un étendard.
Quelle est cette mort ?...

[...]

Les vies comme les îles flottantes,
Martyrs sans âge,
Nous venons de graver tous vos noms
Sur notre marbre de l'amour.
Dans nos poings désespérés nous tenons la foudre de colère.

Malraux connaissait-il cette date du 21 février 1952, devenue la journée du Mouvement pour la langue bengalie ? Ce jour-là, les étudiants de l'université de Dacca, avec d'autres militants, formèrent un cortège pour manifester pacifiquement pour la défense de la langue et de la culture bengalies, menacées par le gouvernement pakistanais en faveur de l'ourdou, langue officielle du Pakistan, parlée majoritairement par les musulmans. Beaucoup d'étudiants tombèrent sous les balles de la police. Un monument fut élevé aux martyrs, le Shaheed Minar, qui n'est pas sans évoquer celui de Savar, où Malraux déposa une gerbe le 21 avril 1973. Par cet acte, les étudiants de Dacca prouvaient déjà leur attachement à la culture du Bengale.

Quand, à l'université de Rajshahi, Malraux prononçait ces mots si lourds de sens, savait-il le combat mené vingt ans plus tôt par les étudiants et les professeurs du Bengale oriental ?

> Monsieur le Président de la République,
>
> en m'accueillant ici au nom de cette foule d'ombres,
> au nom de vos blessés que je visitais hier,
> vous accueillez aussi, au nom de la culture séculaire du Bengale, la culture de mon pays.

Ce qui nous fait regretter plus encore cette préface non écrite.

Sur une fiche intitulée « Dates », couvrant les années 1969-1974, et comportant huit dates depuis le jour où il quitta son fauteuil de ministre le 20 juin 1969 jusqu'à la mort de Pompidou, Malraux n'oublia pas d'ajouter : « Bangladesh 14 avril 1973 », laquelle était devenue une date mémorable.

Il faut s'y arrêter un instant. Six semaines après la mort de Pompidou, Malraux avait été l'invité de la *Japan Foundation* et du journal *Asahi* ; comme son voyage coïncidait exactement avec l'inauguration de l'exposition de *La Joconde* à Tokyo et que les élections avaient lieu en France, il porta le titre honorifique d'« ambassadeur extraordinaire du gouvernement français » du 13 mai au 1er juin. Ce dernier voyage au Japon, au cours duquel il eut comme une révélation esthétique devant la cascade de Nachi[1], ne figure pas sur cette liste des plus précieuses, pas plus que le der-

1. Tadao Takemoto, *André Malraux et la cascade de Nachi. La confidence de l'univers*, Éditions Signatura, 2014.

nier voyage en Inde en novembre 1974, dont nous avons déjà parlé. N'est-ce pas encore une fois, approchant du terme de notre livre, l'irréfutable preuve de l'importance de cette alliance entre Malraux et le Bangladesh ?

André Malraux à la sortie du palais de justice de Versailles le 12 octobre 1973. À sa gauche, Michaël de Saint Cheron.

La mémoire de Malraux au Bangladesh

2000-2020

Avec le tournant des années 2000, nombre de manifestations, inaugurations, discours nourrirent le lien de Malraux avec le Bangladesh. En 2001, l'ambassadeur Michel Lummaux a tenu à célébrer le centenaire de l'écrivain. En 2014, un autre ambassadeur, Michel Trinquier, inaugurait avec Bernard-Henri Lévy le jardin Malraux à l'université de Dacca. Jean-Marin Schuh a hérité du cinquantième anniversaire de la guerre d'indépendance et de l'Appel de Malraux, en pleine pandémie sans avoir rien pu faire en 2021. Il faut espérer que 2022 lui permette de rappeler l'engagement de Malraux.

En novembre 2001, le centenaire de l'écrivain fut l'occasion d'un colloque réunissant, pour la dernière fois, les deux traducteurs bangladais de l'écrivain, l'ambassadeur Arshad-uz Zaman et le professeur Qureshi. Le Dr Zaman avait traduit *La Tentation de l'Occident.* Le colloque, qui était organisé par les Alliances françaises de Dacca et Chittagong, attira des centaines de Bangladais, jeunes ou moins jeunes, parfois témoins directs du voyage de la reconnaissance.

En 2013, le vice-chancelier de l'université de Dacca,

Arefin Siddique, avec le concours de l'ambassade de France, décida de baptiser l'un des jardins de son université « jardin Malraux ». L'événement eut lieu le 26 avril 2014, soit quarante et un ans après le voyage, en présence du ministre bangladais des Anciens Combattants et de la Guerre de libération, Mozammel Huq, et de l'ambassadeur de France, Michel Trinquier, lequel tint à rappeler :

> André Malraux est incontestablement chez lui dans cette université. C'est ici même que le 21 avril 1973 il prononça les mots forts figurant sur la plaque qui orne le jardin Malraux : « Étudiants de Dacca, je parle aujourd'hui pour la première fois dans la seule université du monde qui ait plus de morts que de vivants ! »
>
> S'il y avait, hors du Bangladesh, un homme parfaitement conscient des traumatismes engendrés par la guerre de 1971, c'était bien André Malraux.
>
> Parce que le peuple français est épris de culture et de liberté, nous sommes fiers qu'une personnalité de la stature d'André Malraux appartienne à l'histoire du Bangladesh comme à celle de la France, qu'elle soit aussi chère au cœur des Bangladais qu'à celui des Français. Ceux qui vécurent les heures sombres de la guerre de libération du Bangladesh se souviendront du formidable espoir que suscita l'appel lancé par Malraux pour venir en aide au peuple bengali en lutte pour son indépendance. Cet appel aux armes et sa lettre au président Nixon firent d'André Malraux le porte-parole du Bangladesh sur la scène internationale.

Bernard-Henri Lévy était l'invité d'honneur de la cérémonie, quarante-deux ans après son propre voyage quasi initiatique de 1972 suivi de la publication de son livre *Les Indes rouges.* Dans son discours, il se souvenait :

> J'entends, à la radio, ardente et cassée, la voix du vieil écrivain s'adresser à la jeunesse de France pour lui parler d'un pays qui n'est pas encore né mais qui est déjà en train de mourir.
>
> Cet écrivain, c'est André Malraux.

La voix de Bernard-Henri Lévy, qui ne faiblit pas à parcourir le monde au nom d'un idéal démocratique qu'il veut ou voudrait faire partager au plus grand nombre de pays, appelait cette fois la jeunesse :

> Levez-vous, jeunesse du Bangladesh.
>
> Soyez fiers de votre histoire et des combats qui vous ont forgés.
>
> [...]
>
> Et puis osez, amis, rappeler au monde qui vous êtes vraiment : non pas cet atelier de misère et de sueur ; non pas ce réservoir de victimes sacrifiées sur l'autel de la mode et de ses vanités ; mais la patrie de celui que vous appeliez familièrement « Bangabhandu » : Sheikh Mujibur Rahman, le Père de la Nation et une source d'inspiration pour tous ceux qui, ici ou ailleurs et, en vérité, partout, sur toute la planète, plaident pour un islam des Lumières, ami de la mesure et du droit, tolérant, modéré, respectueux d'autrui et, en particulier, des minorités.

À la mesure de mes années, je partage avec le philosophe d'avoir été ébranlé et marqué à vie par cet appel que j'entendis a posteriori et par son voyage dans un pays martyr qui avait perdu un million de personnes et tant de ses intellectuels durant sa guerre d'indépendance.

Avec Bernard-Henri Lévy, gageons que l'actuelle Première ministre du Bangladesh, Sheikh Hasina, puisse continuer dans cette voie si capitale pour le monde d'un islam des Lumières. D'un islam qui aura été sans doute marqué aussi par la figure tutélaire du Mahatma Gandhi, au moins pour Mujibur Rahman. C'est sous cette évocation gandhiste que Malraux en 1973 avait voulu comprendre l'épopée du Bangladesh.

C'est donc dans la prolongation de cette histoire, de ce rêve d'un islam « gandhiste », qu'a parlé en ce jour de 2014, à Dacca, cet écrivain engagé dans de nobles causes, dont je veux croire qu'il est, au plus profond de lui, davantage marqué par le souffle de Malraux incomparable — qui naquit dans la révolte au colonialisme, qui s'éleva dans la guerre d'Espagne puis dans la guerre en 1940 et la Résistance — que par la voix du grand Sartre, si longtemps l'idole d'une intelligentsia française et européenne de gauche, mais à qui manqua cet engagement concret à la manière de l'auteur de *L'Espoir*...

Quand tout est oublié des quiproquos de Malraux comme de la volte-face d'Indira Gandhi, et après que le temps a passé sur ces blessures et le trauma de cette « guerre d'extermination », il ne reste finalement que le courage d'un homme qui ne s'est pas démis d'une parole donnée, d'une parole devenue acte et promesse, et par conséquent d'une responsabilité qui venait de plus loin que lui et l'engageait au-delà du raisonnable. Il me souvient que la célèbre revue américaine *Time* avait, en juillet 1955, consacré sa couverture à Malraux sous le titre « *France's André Malraux* », « Le Malraux de France ». L'auteur de l'article commençait par rappeler l'importance de l'intellectuel dans la mission de la France dans le monde, notamment depuis Voltaire et les philosophes du XVIIIe siècle, puis Victor

Hugo, Zola, jusqu'à Sartre et Camus. Mais la revue en cette année-là considérait Malraux comme celui qui incarnait le mieux cette conscience de la France et, partant, la conscience européenne dans le monde. C'est bien ce que seize ans plus tard *Newsweek* stipulait encore dans son article sur l'Appel pour le Bangladesh.

Le président Emmanuel Macron est assurément assez loin des idéaux politiques et culturels de Malraux, mais dans son message à la Première ministre du Bangladesh, Sheikh Hasina, à l'occasion du centenaire de Mujibur Rahman, son père, il écrit le 1er mars 2020 :

> En 1971, comme vous le rappelez, la France avait su entendre la voix du Bangladesh : André Malraux avait pris sa plume pour relayer son appel et soutenir l'indépendance dont vous commémorerez l'an prochain le cinquantième anniversaire.

Une cérémonie de lancement de la traduction en bengali de l'œuvre de Malraux et d'abord de *L'Espoir* a eu lieu en 2020 à Chittagong et le journaliste Toriqul Islam publia en bengali et en anglais sur le site prothomalo.com, le 17 mars 2020, un article important et richement illustré intitulé « *André Malraux, Bangabandhu and Bangladesh* ».

Pour ce cinquantième anniversaire, nous demandons aux responsables de l'INA (Institut national de l'audiovisuel) et de l'une des grandes chaînes publiques que le film de Philippe Halphen sur Malraux et le Bangladesh soit rediffusé en France. Si, quand j'avais dix-huit ans, la voix de cet homme et sa geste bengalie, autant que bangladaise, m'ont fait comprendre que « le sens du mot "art" soit de donner conscience aux hommes de la grandeur qu'ils ignorent en eux[1] », alors, cinquante ans plus tard, cette voix et cette geste peuvent le faire comprendre aux jeunes gens et aux jeunes filles épris de liberté comme de responsabilité face aux tragédies de notre époque.

1. Préface au *Temps du mépris*, 1935, dans André Malraux, *Œuvres complètes II*, Gallimard (« Bibliothèque de la Pléiade », 1996), p. 776.

ANNEXES

ANNEXE I

Notes et documents d'André Malraux

Les pages dispersées qui suivent ont été extraites — par André Malraux ou Sophie de Vilmorin ? — de l'épais dossier « Bangladesh », finalement déposé à la Bibliothèque littéraire Jacques-Doucet (Paris) quelques années après la mort de l'écrivain. Claire de Fleurieu, fille de Sophie, nous les offrit, à mon frère François et moi-même, après sa mort, connaissant l'impact du Bangladesh sur nos vies. Leur valeur réside dans le fait qu'elles témoignent mieux que tout du sérieux avec lequel Malraux, un jour de septembre 1971, accepta d'avoir été finalement choisi par le destin pour endosser un rôle qu'il était sans doute l'un des seuls au monde à pouvoir incarner. L'ensemble des paroles ici rassemblées attestent une fois pour toutes qu'il ne fit pas comme si… mais qu'il s'engagea corps et biens.

Croyant qu'elles peuvent servir la vraie histoire de Malraux et du Bangladesh, je les porte donc pour la première fois à la connaissance de tous.

1

NOTES POUR L'AMBASSADEUR DE L'INDE M. SIBAL

septembre 1971

Pouvez-vous m'établir un contact ici — sinon en Inde (Calcutta ?) avec un responsable de l'Inde, spécialiste du Bengale ?

À partir de mon arrivée dans l'Inde (je serai accompagné de l'ancienne directrice de la presse du général de Gaulle), pouvez-vous assurer ma sécurité, non pas évidemment dans la guerre, mais dans la rue ? Sinon aucune importance.

J'ai reçu, au nom du Bangladesh, le Dr Rehman Sabahn (son traducteur étant notre ambassadeur Offroy) et dois recevoir M. Chowdhuri[1]. Quelle responsabilité leur accordez-vous ?

Ne faut-il pas avant tout établir un contact étroit avec le gouvernement bengali réfugié à Dacca ? Je viendrai nécessairement dans l'amitié de l'Inde et les maquis sont musulmans ?

Comment se pose le problème de la fourniture d'armes ?

Nous aurons besoin d'interprètes, et je pense qu'on

1. Il ne faut pas confondre avec le professeur Abu Sayeed Chowdhury (1921-1987), qui sera président de la République populaire du Bangladesh du 12 février 1972 au 24 décembre 1973. Le premier lien entre les deux hommes date du 30 janvier 1972, lorsque le président, tout juste nommé, lui a écrit. Dans une autre note, Malraux écrit : « M. Chowdhury de New York est-il le capitaine de l'état-major de Dacca ? »

peut les trouver à Pondichéry. Par vous ou par le Bangladesh ? Pour l'École de guerre, trente interprètes, au début, sont indispensables.

Si nous commençons par une école de cadres comme nous l'avons fait en Chine, où ?

Il faudrait évidemment envoyer les officiers isolément, quitte à les faire accueillir à Calcutta ou ailleurs.

Pensez-vous que le Vietnam soit prêt à nous aider ? Il a une bonne expérience des maquis de villages. Mais ce ne serait pas mon domaine.

Envisager dès maintenant l'organisation des services auxiliaires de l'Armée de Libération, dans les camps de réfugiés ?

Ai-je posé la question de notre armement (mortier ?) et de celui que nous devons trouver en face de nous ?

Que pensez-vous du projet de Narayan, d'une « marche » des réfugiés sur Dacca ? Si oui, parler du pape[1] ? Sinon, comment concilier une vaste action non violente avec celle de la guérilla ?

Comment leur jeter le tiers-monde dans les jambes ?

Encadrement des camps de réfugiés — sur le plan élémentaire, sur le plan politique (Awami) et sur le plan militaire : ceux qui peuvent devenir des volontaires ; l'Awami peut-elle devenir l'équivalent d'un parti ou non ? Dans les camps, nous devrions au moins pouvoir recruter l'intendance.

1. Le pape Paul VI visita le Bangladesh en novembre 1970.

2

RÉSOLUTIONS — III. PROPOSITIONS DE LA CONFÉRENCE, NEW DELHI

20 septembre 1971

La conférence internationale sur le plan du Bangladesh suggère les actions collectives possibles suivantes, que les individus et les organisations non gouvernementales peuvent entreprendre pour soulager la souffrance du peuple du Bangladesh et pour l'aider à réaliser son indépendance.

A. Les habitants de certaines villes peuvent se « jumeler », soit avec un camp de réfugiés du Bangladesh en Inde, soit, ensuite, avec des zones du Bangladesh. L'objectif principal serait la réhabilitation du peuple du Bangladesh, les décisions finales appartenant au peuple lui-même.

B. Les rapports de membres qualifiés de la santé publique insinuent la menace imminente de la famine au Bangladesh. Les mesures prises actuellement par les Nations unies pour superviser la distribution des vivres semblent inadéquates. C'est pourquoi la Conférence recommande que des fonds substantiels et des dons en nature soient mis de façon urgente à la disposition de la Société de la Croix-Rouge du Bangladesh, ou de la Haute Commission du Bangladesh à Calcutta, pour qu'ils soient utilisés et distribués à l'intérieur du Bangladesh.

C. Étant donné que de nombreuses personnes désirent exprimer leur solidarité au peuple du Bangladesh et que certaines d'entre elles aimeraient le faire par une action directe, il faudrait organiser une *marche de la liberté* dont les participants, venant de différents pays, entreraient non violemment au Bangladesh.

D. L'oppression du peuple du Bangladesh par le gouvernement du Pakistan ne peut pas refléter les vues de la majorité du peuple du Pakistan occidental. Des efforts supplémentaires devraient donc être faits pour leur apprendre la vérité sur le cas du Bangladesh. Il faudrait, dans ce but, organiser une marche internationale à Islamabad, au départ d'un pays voisin. Il faudrait également entreprendre des actions de soutien dans d'autres pays.

3

ORGANISATION DE L'ÉCOLE DE GUERRE

Pour son projet d'École de guerre, Malraux se fait tacticien et méthodique, comme le montrent ces notes : « La création d'une École de guerre semblable à celle des Cadets de Canton : cent instructeurs forment facilement mille officiers en un an. (Dans cette hypothèse, je puis prendre le commandement de l'École avec un général bengali[1].) »

Le texte suivant se présente sous la forme de deux pages tapées à la machine par Corinne Godfernaux, qu'il avait d'abord intitulées « La création d'une École de guerre », pour les renommer ensuite « Organisation de l'École de guerre ». C'est le document le plus élaboré en ma possession, dactylo-

1. André Malraux veut dire « bangladais », cette distinction est vraie partout mais très importante à souligner ici en particulier.

graphié comme les « Propositions de la Conférence de New Delhi » ci-dessus. Ces réflexions sur la formation des officiers datent probablement d'octobre ou novembre 1971, à son retour de croisière. À lui seul ce document, où il se fait général, est un artefact exceptionnel, qui atteste bien du moment où Malraux a cru — ou cru croire — à son engagement et à la possibilité de partir non plus faire la guerre mais encadrer des officiers instructeurs.

Il s'agit donc de former des officiers (bengalis) de maquis. La moitié des officiers formés rejoindraient immédiatement les maquis, si le gouvernement du Bangladesh le décidait. L'autre moitié formerait des instructeurs. La formation des officiers de maquis, chez nous, exigeait environ trois mois. Nous vous envoyons cinquante officiers instructeurs pour commencer, et davantage ensuite si vous le souhaitez. Le Bangladesh aurait donc environ mille officiers chefs de maquis par an. Ne jamais oublier que les passeports ne sont donnés qu'après une triple vaccination qui dure environ un mois.

Cette École peut être créée dans le maquis même si l'on ne peut mieux faire. Sinon, elle doit être située où ? Si c'est en territoire libéré, elle sera très vite bombardée. Avez-vous des spécialistes capables de construire des organisations souterraines, comme au Viêt Nam ?

*

Nos officiers arrivent, je suppose, à Calcutta ? Ils sont reçus, et emmenés à leur poste, par qui ? Des délégués du Bangladesh ? Il suffit d'ailleurs d'une organisation très légère (une femme à l'arrivée de chaque avion des Indian Airlines qui amène des officiers), mais il serait bon de joindre à chacune de nos accompagnatrices un interprète, de Pondichéry par exemple. La plupart de nos officiers savent l'anglais ; pas tous.

Cette question d'interprètes est importante. À l'École de guerre, il sera nécessaire d'organiser la traduction, soit du français en bengali. Problème technique.

*

Une organisation de maquis implique une *organisation* de communications. Par nos instructeurs ? Où ? (Je pense, là où se trouvera l'École de guerre.) *Avec quels appareils ?* (Attention : des commandes importantes d'émetteurs attireront nécessairement l'attention des services spéciaux dans les pays où ces commandes seront passées. Et qui paye ? L'ORTF a obtenu près de cinq cents millions (bloqués), mais la question n'est pas simple, car ces fonds ont été donnés pour les réfugiés.)

*

Les grandes organisations françaises d'officiers, de spécialistes (chars, explosifs, etc.) peuvent vous envoyer beaucoup d'instructeurs, et vous rendre de grands services. Elles posent un certain nombre de questions raisonnables. Je vous joins (en annexe) celles des officiers d'Afrique-Levant, parce que ces officiers seront, à mon avis, les meilleurs instructeurs en raison de leur expérience des tropiques.

*

Voici donc la première liste d'officiers ou de spécialistes disponibles, volontaires « personnels » en marge des organisations. Je vous donnerai ensuite la liste des officiers choisis par leur organisation :

Ici, le colonel de l'École Polytechnique.

Général Pacciardi, ancien chef dans la brigade garibaldienne en Espagne, ancien ministre de l'Intérieur d'Italie.

Colonel Berger (André Malraux), ancien chef de la brigade Alsace-Lorraine — donc, général —, ancien ministre d'État du général de Gaulle.

+

[Ici, liste des officiers.

Puis celle des sous-officiers et des spécialistes.]

4

VOIX DU BANGLADESH

Attention : Il ne s'agit plus des transmissions (semblables à celles du Vietnam), dont l'objet est d'informer nos unités des mouvements de l'ennemi. Il s'agit de ce que fut la BBC pour la France libre[1]. Je sais que Radio Bangladesh existe, mais je crois possible de la développer considérablement, et d'établir dans le monde entier, à travers nos amis, un réseau d'informations, si l'Agence centrale (Calcutta ?) est relayée sur le monde.

a) Émission. Il faut émettre du maquis. Quelles sont les communications entre les maquis, et Calcutta ou tout autre poste émetteur puissant ?

1. On voit combien Malraux tente dans ce document manuscrit de calquer la Résistance bangladaise sur la Résistance française et la France libre. Il est curieux qu'il ne cite pas une seule fois Mujibur Rahman, alors en prison, qui incarnait cette résistance.

b) Diffusion. Voulez-vous faire un « bureau de presse » central dans le maquis (relayé par Calcutta, évidemment) ou à Calcutta ou à Paris ? J'ai le personnel, mais qui assure les frais ? Même problème que plus haut. À moins de faire un appel mondial (ce que je suis prêt à faire) pour le Bangladesh ou pour ses combattants. Mais attention : les fonds destinés aux réfugiés sont intangibles.

*

La première information à diffuser est la constitution du gouvernement du Bangladesh, avec la liste de ses membres ou non, mais avec la proclamation de son chef. En somme il faut que le mouvement, pour le monde, proclame son général de Gaulle.

Dans quelles mesures pouvons-nous faire un réseau des Amis du Bangladesh à travers le monde ? L'unité s'impose. Et certains comités, celui de l'Amérique du Nord par exemple, sont réellement sérieux. Il s'agira très vite de mobiliser la presse amie contre les gouvernements plus ou moins ennemis. L'action serait assez semblable à celle du bureau de presse de la France libre à Londres.

Sous la direction du chef du Bangladesh, il me semble urgent d'organiser, au moins dans toutes les capitales, un service de presse. Si vous établissez un contact régulier avec les différents organismes locaux, chacun trouvera les fonds nécessaires au bureau de presse de son propre pays. Presque partout en Occident, la presse est plus favorable au Bangladesh que les gouvernements. Il s'agit ici de l'organisation d'un service considérable, comme l'a été celui de la France libre à Londres.

ANNEXE II

Lettre et discours d'André Malraux

1

LETTRE OUVERTE À M. NIXON[1]

Donc, Monsieur le Président, lorsque les millions de réfugiés du Bengale vont peut-être rentrer chez eux, vous terminez votre lettre à l'Inde, disent vos agences, en rappelant qu'une alliance lie au Pakistan la plus grande puissance du monde — et les mêmes agences annoncent que des bateaux de guerre américains se dirigent vers le golfe du Bengale.

Si vous êtes lié à ce point au maréchal Yahya Khan, pourquoi ne lui avez-vous pas donné naguère quelques conseils ? Je connais un peu votre pays. Il n'aime pas du tout que l'on envoie en prison les vainqueurs des élections (ni même les vaincus). Il n'aime pas du tout que ses alliés balayent, vers un pays voisin et pauvre, dix millions de réfugiés. La charité n'y change rien : on peut faire l'aumône aux cadavres.

1. *Le Figaro*, n° 8479, Paris, 18-19 décembre 1971, p. 1 et 3. *Essais, OC VI, op. cit.*, p. 599-601.

Même si votre porte-avions menaçait Calcutta, les États-Unis n'accepteraient pas de se battre contre ces foules d'agonisants. Alors ? Quand la plus puissante armée du monde, la vôtre, n'est pas venue à bout des va-nu-pieds du Vietnam, croyez-vous que l'armée d'Islamabad (qui n'est pas rien, d'ailleurs) reprendra un pays enragé par son indépendance, et qui se bat à 1 800 kilomètres ?

Il est grand dommage que les agences nous parlent de ces choses comme s'il s'agissait de renvoyer les combattants dos à dos. Le dos des combattants du Bengale, c'est la mort. Mais pour que nul ne comprenne plus rien aux causes d'une guerre, il suffit d'attendre.

Vous savez peut-être qu'avant l'entrée en jeu de l'Inde (je vous rappelle au passage qu'elle est entrée en jeu après le bombardement de huit de ses aérodromes) quelques-uns d'entre nous avaient l'intention d'apporter leur aide militaire au Bengale libre. Cent cinquante officiers supérieurs, ce n'était pas mal : en employant la méthode cantonaise, mille en un an. Nous devions partir le 15, et ne recevons aucune nouvelle. Je pense donc que l'on n'a plus besoin de nous. Et nous n'avons pas l'outrecuidance de comparer une Légion étrangère à une armée d'un million d'hommes. Mais enfin, quand le Pakistan n'avait pas encore contraint l'Inde à la guerre, l'aide que nous pouvions apporter au Bengale libre comptait. Car à part nous, qui donc était prêt à la lui apporter ?

Mes camarades de combat ne pensaient pas que les interminables files des agonisants du Bengale (dirai-je libre ?) étaient logés à la même enseigne que leurs bourreaux. Puisque vous parlez de votre alliance, parlons-en, pendant qu'il en est encore temps. Que s'est-il passé, noir sur blanc, bien avant l'entrée en jeu de la Chine et de l'Union soviétique, voire avant la vôtre ?

Des élections avaient eu lieu au Bengale. Le Pakistan attendait un succès. Il fut battu : ses adversaires conquirent 167 sièges sur 169. Là-dessus, il fit incarcérer le chef de l'opposition, Sheikh Mujibur Rahman — lequel, vaguement non violent, attendit avec patience chez lui que les Pakistanais vinssent l'arrêter, pour lui enseigner la démocratie.

Oui ou non ? C'est exactement comme si un candidat à la présidence de la République américaine battu faisait emprisonner son rival vainqueur. En ce temps, qui n'est pas loin, qu'avez-vous fait de votre alliance ? Elle a constaté l'emprisonnement de ce malheureux — et, si je ne m'abuse, elle le constate encore. En somme, c'était une alliance patiente.

Patiente jusqu'à la fuite hagarde de dix millions d'êtres ravagés par la faim et par le désespoir.

Donc, les Pakistanais égorgent les chefs de l'opposition. D'où la terreur, d'où la fuite éperdue des foules hindoues du Bengale — et même d'un certain nombre de musulmans. « C'est la guerre », commence-t-on à dire ; il reste que l'Inde venait d'accueillir dix millions de réfugiés terrifiés par le Pakistan, alors que le Pakistan n'avait pas accueilli un seul musulman terrifié par l'Inde, vînt-il du Cachemire. Monsieur le Président, je souhaite que chaque Américain vous demande : « Au nom de quoi combattrions-nous ? » Si tout allait bien au Bengale pakistanais, pourquoi cette épouvante qui a chassé vers l'Inde une population plus nombreuse que celle de la Belgique ? On nous dit que Madame Gandhi n'a pas de bonnes raisons ; du moins ses camps ont-ils d'assez bons martyrs. Et ce n'est pas dans ses prisons que se trouve Sheikh Mujibur Rahman (à propos, si vous conseilliez à votre allié de le libérer ?).

Vous vous souvenez de notre conversation avec le général de Gaulle. Vous veniez d'atteindre le pouvoir, et vous m'aviez fait l'honneur de me parler de politique américaine. Je vous avais dit : « Les États-Unis sont le premier pays devenu le plus puissant du monde sans l'avoir cherché. Alexandre voulait être Alexandre. César voulait être César ; vous n'avez pas du tout voulu être les maîtres du monde. Mais vous ne pouvez pas vous payer le luxe de l'être distraitement. »

Envoyer des porte-avions dans le golfe du Bengale lorsque le destin du monde est en jeu, ce n'est pas une politique, c'est une survivance. Vous allez essayer d'établir avec la Chine un dialogue que les États-Unis ont différé pendant vingt ans : l'ancien dialogue du pays le plus riche du monde avec le pays le plus pauvre. Pour le Bengale libre, puissiez-vous ne pas attendre vingt ans avant de vous souvenir qu'il ne convient pas que le pays de la Déclaration de l'Indépendance écrase la misère en train de lutter pour sa propre indépendance. Je ne crois pas que votre illustre statue voie passer avec joie, sur les écrans de télévision, ces foules hallucinées qui se souviennent parfois de ce qui s'appela jadis la liberté. Car ce que je dis aujourd'hui, ce n'est pas moi qui devrais le dire : c'est vous.

Je vous prie de croire, Monsieur le Président, aux assurances de ma haute considération.

2

AVANT-PROPOS AU *LIVRE NOIR DU BANGLADESH*[1]

Je voudrais que ces pages ne fussent pas seulement un recueil de témoignages. Les hommes de ma génération ont suffisamment connu l'atroce pour n'en être, hélas, plus étonnés. Et l'humanité est telle qu'à l'atroce, il est rare qu'on ne puisse répondre par l'atroce.

Mais depuis des années, l'atroce, à son origine, est banalement et affreusement politique.

On veut donc nous convaincre que le problème du Bangladesh, à son origine, l'est aussi. On ment.

Les stratèges de l'illusion nous ont beaucoup expliqué qu'il s'agissait de l'affrontement de la Chine (plus les États-Unis, peu importe) et de l'Union soviétique.

Je sais bien qu'un problème politique existait depuis la partition. L'Empire britannique jugeait qu'elle seule pouvait assurer le départ des Anglais : et il avait conçu un vaste encerclement de l'Arabie (Turquie, Iran, Afghanistan, Pakistan) que les États-Unis reprirent à leur compte. C'était aussi l'encerclement de l'Inde, d'où la politique de non-encerclement de Nehru. Gandhi n'avait pas pour rien proclamé le danger de la partition. Qu'on nous laisse en paix avec la Chine : cette fois, qu'a-t-elle fait sinon des discours ?

Mais enfin, si le maréchal Yahya Khan n'avait pas décidé d'exterminer les Bengalis, et s'il n'y avait pas envoyé ses

1. *How Pakistan violated human rights in Bangladesh,* avant-propos en français et en anglais d'André Malraux, New Delhi, The Indian Council of World Affairs, 1972. *Essais, OC VI, op. cit.*, p. 601-603.

avions bombarder les aérodromes indiens, quel serait le rôle de la Chine, des États-Unis, de l'Union soviétique, dans cette affaire ? Chaque ambassadeur aurait défendu son pays, selon l'usage. L'ambassadeur du Pakistan en France — je dis bien : du Pakistan — a défendu noblement le Pakistan, il n'a tué personne. La victoire électorale de la Ligue Awami était fâcheuse pour Islamabad. La victoire électorale du Front populaire l'avait été pour la droite française, elle n'avait pas exterminé ses adversaires pour autant. Quand la politique est un art, c'est celui de concilier, et non d'assassiner.

Les militaires qui étaient prêts à combattre avec moi pour le Bangladesh appartenaient, en France et ailleurs, à des formations politiques différentes. Ils ne connaissaient guère, alors, la position de l'Inde (qui n'en avait guère…). Ils ont été mobilisés par deux faits, auxquels le souvenir du Biafra donnait une tragique résonance : l'exode des réfugiés, l'extermination de l'élite du Bengale.

Les réfugiés d'abord. Lorsque notre presse les renvoyait dos à dos avec les troupes du maréchal Yahya, il restait que l'Inde devait accueillir dix millions de réfugiés hindous, et que le Pakistan ne devait accueillir aucun réfugié musulman, vînt-il même du Cachemire. On donnait le dialogue du général de Gaulle avec un commandant français de Syrie, qui lui dit :

« Et puis, pour prendre parti nous sommes trop mal informés.

— Mal informés, c'est possible, répond le Général, mais je me suis laissé dire que les Allemands étaient à Paris. »

Cette fois, si mal informé qu'il fût — il ne l'était pas très bien —, le monde s'était laissé dire que les réfugiés étaient aux Indes.

Le second caractère particulier de la tragédie bengalie fut l'extermination systématique, organisée, de ceux qui, au Bangladesh, avaient voté contre le maréchal Yahya. Nous connaissons maintenant les puits pleins d'intellectuels. On avait choisi. Bien choisi. Et cette fois, il ne s'agissait pas d'hindous. J'insiste, car il est facile et sinistre de faire du drame du Bangladesh (l'Occident l'a fait) une guerre de religion. Si les musulmans du Bangladesh avaient été d'accord avec Islamabad, comment la Ligue Awami aurait-elle obtenu 167 sièges sur 169 ? Et qui donc ignore encore qu'un grand nombre de chefs de la résistance, ceux que le maréchal appelait déserteurs, avaient été des officiers de l'armée pakistanaise ? Que les hindous se soient sentis menacés les premiers, nul n'en doute. Mais la guerre civile, jusqu'à l'entrée en jeu de l'armée indienne, n'a pas été religieuse, elle a été nationale : celle des musulmans de Dacca, contre ceux d'Islamabad.

En mettant tout au pire (au pire, mais non au sang), le Pakistan d'Islamabad pouvait vivre sans le Bangladesh, la preuve, c'est qu'il est en train de le faire. Et lorsqu'un État veut à tout prix rendre une scission impossible, le plus sage est de ne pas traiter la moitié de son territoire en pays conquis. Lorsque la révolte a commencé, les soldats d'Islamabad n'étaient plus pour l'Est des concitoyens ni des coreligionnaires, ils étaient des occupants. Si l'on en doute, qu'on lise les témoignages que voici…

3

DISCOURS À L'UNIVERSITÉ DE DACCA

Samedi 21 avril 1973[1]

Étudiants de Dacca !

Je parle aujourd'hui pour la première fois dans la seule université du monde qui ait plus de morts que de vivants.

Tous les étudiants de France savent que vos professeurs et vos camarades se sont battus pour la liberté. Et ils savent que, nulle part, les étudiants et les professeurs n'avaient payé la liberté d'un poids si lourd. Ils savent que parmi tant d'étudiants qui ont combattu, il y a un endroit dans le monde où les étudiants ont le droit de dire pour ceux qui viendront plus tard :

« Nous, nous avons combattu avec nos mains nues ! »

[Je parle ici en tant qu'ami du Bangladesh, mais d'abord en tant qu'ancien chef des maquis de mon pays, à tous les maquisards qui m'écoutent, à tous les jeunes qui étaient de cœur avec eux.

Dans nos maquis, nous attendions les parachutages de nos alliés. Et les officiers alliés parachutés avec les armements nous disaient : « Ne perdez pas courage, le débarquement va venir ! »

Vous ne combattez plus avec des armes, mais avec l'acharnement des foules, qui veulent devenir un

1. Discours inédit improvisé, pour lequel je reprends strictement les seuls extraits conservés par Philippe Halphen dans son film.

peuple et non une multitude ! Tâche moins glorieuse et parfois plus difficile, bien que la première l'ait suffisamment été ! Et en face de laquelle je viens vous dire, comme les parachutistes alliés : « Ne perdez pas courage, le débarquement va venir[1] ! »]

*

La dernière fois que j'ai vu Nehru, il m'a dit :

« Tout le monde parle de l'Inde comme d'une princesse, l'Inde est une pauvresse au bord de la route qui regarde passer nos efforts et notre misère comme une mère malheureuse. Mais de tous mes fils, je ne reconnaîtrai jamais que ceux qui, pour me sauver, ont tendu leurs bras vers moi. »

L'Inde était au bord de la route et vous avez tendu vos bras vers elle, et c'est elle qui vous a regardés avec cette forêt de poings brandis, qui brandissaient enfin vos fusils vainqueurs !

Tous vos morts avaient rendez-vous avec la destinée du Bangladesh, mais maintenant c'est à vous qu'il appartient de faire la nation.

1. Ce passage est à l'état de manuscrit dans le dossier Bangladesh (BLJD). Seules les trois premières lignes figurent sur le premier état du discours dactylographié puis furent barrées par André Malraux. Le texte qui suit commence par : « Jadis, l'immense armée perse qui marchait sur la Grèce... » et se termine par ces mots : « dont les généraux de la Révolution avaient incendié l'Europe ». Une ligne en dessus, l'écrivain a ajouté au crayon : « Fierté ».

4

DISCOURS À L'ALLIANCE FRANÇAISE DE DACCA

Samedi 21 avril 1973[1]

Mesdames et Messieurs,

J'étais venu d'une certaine façon pour parler de la France avec cette voix si curieusement brisée que je dois à l'avion qui m'a amené. Je vais vous raconter une très simple histoire qui vaudra plus que ce que j'aurais pu vous dire. Avant de venir ici, je suis allé porter notre couronne au Monument d'un des soldats de la Libération, puis je suis allé dans l'hôpital des blessés. Je n'ai pas besoin de vous dire que le grand fantôme tragique n'est pas la Mort, c'est la Blessure. C'est peu de chose que de voir — comme Victor Hugo — les morts après les batailles, sur qui tombe la nuit, à côté d'un simple lit d'hôpital où un aveugle qui ne vous voit pas tend vers vous ses mains mutilées.

Comme on fait dans ce cas-là, je demandais à l'un de ces malheureux où il avait été blessé et si ça irait mieux, etc. Et comme je trouvais ces choses un peu vaines, j'ai pris la couronne de fleurs que l'on venait de m'apporter et je lui ai dit : « Ce n'est pas à moi qu'il faut donner des fleurs, c'est à vous ! » et je lui ai mis la couronne au cou. Alors, je continuais à serrer les mains des autres blessés, après 150 mètres, ce malheureux garçon, qui ne pouvait pas marcher, est arrivé vers moi pour m'apporter une autre couronne, au nom de tous les blessés.

1. *André Malraux et la tentation de l'Inde, op. cit.*

Eh bien, si je devais parler de la France, Mesdames et Messieurs, ce que la France signifie, c'est peut-être qu'elle ait envoyé quelqu'un pour serrer ces mains-là et que ces mains-là aient apporté ces fleurs en échange.

Maintenant, chacun de nous fera et fait ce qu'il peut, comme il le peut : vous êtes ici pour témoigner des valeurs qui ont été les grandes valeurs d'autrefois et qu'en effet nous avons transmises au monde. Comme l'a dit Monsieur l'Ambassadeur, la France n'est vraiment la France que quand elle l'est pour tous les hommes, qu'il s'agisse des croisades ou qu'il s'agisse de la République.

Il est vrai que, sur toutes les routes d'Orient, il y a les tombes des chevaliers français ; il est vrai que, sur toutes les tombes d'Europe, il y a les souvenirs de l'An II.

J'ai dit que chacun fasse ce qu'il peut, à sa place : chacun de vous représente ici ce que la France a donné de meilleur au monde, sa pensée, sa justice et son courage. Au nom de la France, de ce qu'elle fut pour tous les hommes, au nom de ce qu'elle fut pour les croisés morts à Jérusalem, au nom de ce qu'elle fut au temps où elle inventait la République, eh bien, au nom de la France, Mesdames et Messieurs, pour ce que vous faites ici, pour votre simple présence, je vous remercie.

5

DISCOURS POUR LE DOCTORAT *HONORIS CAUSA* UNIVERSITÉ DE RAJSHAHI

Dimanche 22 avril 1973

Monsieur le Président de la République et Chancelier,

Monsieur le Vice-Recteur, Messieurs,

Jadis, la grande armée de l'Empire perse qui marchait sur la Grèce fut arrêtée aux Thermopyles par trois cents hommes qui furent tous tués. Là où ils étaient morts, on grava la plus célèbre inscription de la Grèce et peut-être de l'Antiquité :

> *Toi qui passeras ici plus tard, va dire dans notre pays que ceux qui sont tombés ici sont morts selon sa loi !*

Sur n'importe quel cimetière de vos maquis, sur les puits comblés par les cadavres de vos intellectuels, écrivez en lettres immenses :

Toi qui passeras ici plus tard, va dire à tous les nôtres que ceux qui sont tombés ici sont morts parce que, pendant les neuf mois de l'ère de souffrance, ils ont accepté de combattre avec leurs mains nues !

C'est une longue et grandiose tradition que celle des armées en haillons. C'est celle de la Révolution française contre tous les rois d'Europe, celle de l'Armée rouge, celle des soldats de Mao Tsé-toung pendant la Longue Marche.

Si la Chine a réellement aidé le Pakistan, elle l'a aidé contre ceux qui ressemblaient à ses propres soldats, ceux que depuis Lénine on appelle les partisans !

Salut, morts des forêts qui nous entourent !

Vous avez montré au monde qu'on n'assassine jamais assez pour tuer l'âme d'un peuple qui ne se soumet pas.

C'est vous dont la foule est allée chercher Sheikh Mujibur Rahman dans sa prison, et les chars alliés sont entrés à Dacca escortés de vos millions d'ombres !

Monsieur le Président,

En m'accueillant ici au nom de cette foule d'ombres, au nom de vos blessés que je visitais hier, vous accueillez aussi, au nom de la culture séculaire du Bengale, la culture de mon pays.

Il est vrai qu'il existe deux sortes de nations : celles qui ne sont jamais plus grandes que lorsqu'elles le sont pour elles-mêmes : la Grande-Bretagne de Drake et celle de la bataille de Londres ; et celles qui ne sont jamais plus grandes que lorsqu'elles le sont pour tous : la France des croisades et de la République. Sur toutes les routes de l'Orient, il y a des tombes de chevaliers français, sur toutes les routes de l'Occident, il y a des tombes des soldats de l'An II. Et sur vos propres tombes, il y a peut-être le souvenir des vieux mots de justice et de liberté dont les généraux de la Révolution avaient incendié l'Europe.

Votre culture, à vous, tient en un seul et très grand mot : spiritualité !

À l'époque où la Grèce inventait de faire de la connaissance du monde l'objet principal de la pensée humaine, la civilisation indienne proclamait que l'objet principal de la pensée est la communion avec l'infini.

En Grèce, la géométrie ; chez vous, la découverte du zéro.

Et Gandhi est le seul libérateur de notre temps qui ait livré son combat au nom des droits de l'âme.

L'homme a besoin de conquérir le monde, mais aussi de conquérir son âme.

Assez de jeunesses désespérées, en Amérique, en Europe ou en Asie ! À quoi bon aller sur la Lune pour s'y suicider !

Votre libération a tenté d'unir le langage du Bengale éternel à celui de notre Révolution.

Le monde ne semble pas vouloir comprendre qu'elle est *la seule*, avec celle de l'Inde, qui ne s'achève pas par un totalitarisme.

Ni Staline, ni Hitler, ni Mao : Gandhi et Sheikh Mujibur Rahman.

Si le monde n'a pas encore compris, il est temps de lui ouvrir les yeux. Et nous allons le faire !

C'est pourquoi, recevant ce doctorat après celui d'Oxford et celui de l'Université sanskrite de Bénarès, et le recevant de vous, Monsieur le Président de la République, je veux dire au Bangladesh que je le tiens pour un honneur.

6

DISCOURS PRONONCÉ À CHITTAGONG

Lundi 23 avril 1973

Puisque c'est ici que les premiers militaires du Bengale ont rejoint en mars-avril 1971 les combattants du peuple,

Je vous parlerai d'abord de ce que Chittagong a signifié pour nous dans l'histoire de la libération du Bangladesh [...][1].

C'est une longue et grandiose tradition que celle des armées en haillons.

C'est celle des armées de la Révolution française contre tous les rois d'Europe, celle de l'Armée rouge, celle des soldats de Mao Tsé-toung pendant la Longue Marche.

Si la Chine a réellement aidé le Pakistan, elle l'a aidé contre ceux qui ressemblaient à ses propres soldats, ceux que depuis Lénine on appelle les Partisans !

Salut, morts de forêts qui nous entourent !

Vous avez montré au monde qu'on n'assassine jamais assez pour tuer l'âme d'un peuple qui ne se soumet pas. C'est vous dont la foule est allée chercher Sheikh Mujibur Rahman dans sa prison, et les chars alliés sont entrés dans Dacca escortés de vos millions d'ombres.

Nous vous avons défendu parce que vous étiez le peuple le plus cruellement décimé, le plus menacé.

Mais aussi parce que vous appartenez à la civilisation indienne qui, depuis trois mille ans, est une civilisation de l'âme.

Asoka est le premier empereur qui ait dit : « Je ferai planter des arbres le long de toutes les routes, afin de protéger les hommes et les bêtes. »

Et Gandhi est le seul libérateur de notre temps qui ait livré son combat au nom de l'âme humaine.

L'homme a besoin de se servir de la terre, mais aussi de se servir de son âme.

1. Nous ne reprenons pas ici tout le passage qui a été prononcé à Rajshahi, sauf lorsque cela s'impose.

Assez de jeunesses désespérées, en Europe, en Amérique ou en Asie ! À quoi bon aller sur la Lune, si pour s'y suicider !

Votre libération a tenté d'unir le langage du Bengale éternel à celui de notre Révolution.

Le monde ne semble pas vouloir comprendre qu'elle est la seule, avec celle de l'Inde, qui ne s'achève pas par un totalitarisme.

Ni Staline, ni Hitler, ni Mao : Gandhi et Sheikh Mujibur Rahman.

Si le monde ne l'a pas encore compris, il est temps de lui ouvrir les yeux.

Et nous allons le faire !

Je fais particulièrement appel à vous, les intellectuels et les étudiants.

Quand je suis allé déposer une couronne au monument des étudiants morts, j'ai pensé que dans aucun pays une répression n'avait exterminé un si grand nombre d'étudiants.

Vous avez combattu pour la libération. La libération est faite, mais un nouveau combat commence.

Comme en Union soviétique, après la défaite des armées blanches.

Il fallait obtenir la Victoire. Mais aujourd'hui, le Bangladesh veut la paix. La paix avec TOUS. Et vous devez travailler à la seconde victoire, qui est de créer l'État.

Ce n'est pas facile. Mais j'ai visité vos blessés, et je sais que pour eux, ce n'était pas facile non plus.

Il faut que quand on dira plus tard : « Ils ont combattu avec leurs mains nues », on puisse ajouter : « Le Bangladesh libre a fait mieux en dix ans que le Bangladesh asservi en vingt-cinq ans. »

Les combats de la guerre ont commencé ici. Que commence ici le combat exemplaire pour la paix.

Aujourd'hui, je vais rencontrer les autorités de cette ville pour fixer l'ordre de vos besoins, et nous allons passer à l'exécution des premiers dès mon retour.

Puisque nous n'avons pas pu combattre ensemble dans la guerre, cette fois nous combattrons ensemble.

Vive Chittagong ! Vive le Bangladesh[1] !

7

DÉPOSITION AU PROCÈS DE JEAN KAY PALAIS DE JUSTICE DE VERSAILLES

Vendredi 12 octobre 1973[2]

Monsieur le Président, Mesdames, Messieurs,

Le premier élément sur lequel je puisse concourir à notre justice, c'est de préciser les différences entre ce dont on parle maintenant et ce qui s'est passé. Maintenant, il y a eu la guerre victorieuse des Bengalis. En ce temps-là, il y avait le Pakistan qui venait d'exterminer trois millions de Bengalis sans aucune raison sinon électorale, le maquis et rien. Pour l'accusé, on parle de pirate. Si les pirates n'avaient pas fait autre chose que de voler des médicaments sur les galions du roi d'Espagne, je pense qu'on en parlerait aujourd'hui comme d'un ordre religieux.

Dans les actes de ce genre, il entre un mélange de

1. Discours inédit. Collection de l'auteur et Fonds André-Malraux de la BLJD.

2. Le texte de cette déposition si souvent cité, notamment dans *André Malraux et la tentation de l'Inde,* est ici corrigé par mes soins à la suite de mes propres notes prises sur le vif.

grande générosité et de petite folie. Mais l'histoire, en se retirant avec le temps, balaie la générosité et ne laisse que la folie. Car ces trois tonnes de médicaments obtenues par Jean Kay sont bien arrivées là-bas, ça a fait 600 000 piqûres et ces 600 000 personnes sauvées, ça compte.

Si nous voulons comprendre ce qui s'est passé, il faut en gros dire ceci : supposons que pendant la guerre, un avion allemand ait été arrêté en Inde et obligé de porter des médicaments aux maquisards des Glières ou du Vercors, on l'aurait peut-être oublié aujourd'hui. Eux, là-bas, n'ont pas oublié le geste de Jean Kay. Quel dommage que l'accusé n'ait pas réussi, il n'y aurait pas eu de victimes. Il serait resté au Bangladesh et aurait été couvert d'honneurs. S'il était ensuite rentré en France, au lieu de se trouver là où il se trouve aujourd'hui, eh bien, il aurait fait le tour de notre pays et les conseillers municipaux lui auraient offert des vins d'honneur, car d'une certaine manière, il a représenté la France.

Le temps passe et il est assez dur que le temps passe.

Maintenant, je voudrais rappeler un souvenir en précisant bien que ce souvenir ne vient pas ici aujourd'hui pour la défense d'un homme. Je l'ai résumé à mon retour du Bangladesh pour la télévision française, quand je suis allé là-bas. On m'a fait visiter un hôpital comblé de blessés. J'en avais l'habitude autrefois pour d'autres raisons. Donc, je me trouve en face d'un malheureux qui avait une jambe coupée au genou et un bras coupé au coude. Et on venait de me remettre, selon l'usage, un de ces grands colliers de fleurs. Assez douloureusement éprouvé, je prends le collier et le mets au cou de ce garçon en disant : « Il le mérite beaucoup mieux que moi. »

La visite continue pendant vingt-cinq minutes et je me trouve à côté de la porte ; à côté de la porte, il y avait l'amputé qui, avec l'aide de ses moignons, était arrivé avec ses compagnons à arracher toutes les fleurs pour ne laisser que les fleurs bleues, les fleurs blanches et les fleurs rouges. Et il me tendait les couleurs de la France.

L'homme que vous allez juger méritait mieux que moi ces fleurs-là.

Voilà ce que j'avais à dire, Monsieur le Président, Mesdames, Messieurs.

BIBLIOGRAPHIE

Yves BEIGBEDER, *André Malraux et l'Inde*, Paris IV-Sorbonne, 1983

André BRINCOURT, *Malraux. Le malentendu*, Grasset, 1986

André Malraux et la tentation de l'Inde, édition de Jean-Claude Perrier, Gallimard/Ambassade de France en Inde, 2004

Brigitte FRIANG, *Un autre Malraux*, Plon, 1977

Martin KÄMPCHE, *My broken love : Günter Grass in India & Bangladesh*, New Delhi, Penguin Books India, Viking, 2001

Jean LACOUTURE, *Malraux. Une vie dans le siècle*, Seuil, 1976

Jean LACOUTURE, *Mitterrand. Une histoire de Français*, Seuil, 1988

André MALRAUX, *Œuvres complètes, IV*, Gallimard, 2010 (« Bibliothèque de la Pléiade »)

Robert PAYNE, *André Malraux*, nouvelle édition, Buchet-Chastel, 1996

Michaël de SAINT CHERON, Charles-Louis FOULON, Janine MOSSUZ-LAVAU (dir.), *Dictionnaire Malraux*, CNRS Éditions, 2011

Jean-Marc VARAUT, *Un avocat pour l'histoire. Mémoires interrompus 1933-2005*, Flammarion, 2007

Sophie de VILMORIN, *Aimer encore. André Malraux (1970-1976)*, Gallimard, 1999

FILMOGRAPHIE

Philippe HALPHEN, « Plein cadre – Spécial André Malraux » : I. *Bangladesh An 1*. II. *5 000 ans de civilisation indienne*, ORTF/INA, 1976

Crédits : Jack Garofalo/Paris Match/Scoop : p. 8, 113, 116 ; Yavuz/Sipa : p. 142 ; Coll. part. : p. 56-58, 76, 104, 124.

DU MÊME AUTEUR

LE JUDAÏSME EN DIALOGUE AVEC L'INDE ET L'ASIE. *Études du CRIF* n° 62, mars 2021

SOULAGES. D'UNE RIVE À L'AUTRE, avec Matthieu Séguéla, Actes Sud, 2019

RÉFLEXIONS SUR LA HONTE, Hermann, 2017

LE DIALOGUE DE MALRAUX AVEC LE PEUPLE JUIF « PARRAIN DE L'EUROPE ». *Études du CRIF* n° 45, juillet 2017

DIALOGUES AVEC ELIE WIESEL 1982-2012 suivi de WIESEL CE MÉCONNU, Parole et Silence, 2017

INTRODUCTION AU « SALUT PAR LES JUIFS » DE LÉON BLOY, Salvator, 2016

LES ÉCRIVAINS FRANÇAIS FACE À L'ANTISÉMITISME, DE BLOY À SEMPRÚN, Salvator, 2015

LA TRAVERSÉE DU BIEN précédé de DIALOGUES AVEC GENEVIÈVE DE GAULLE ANTHONIOZ, Grasset, 2015

LE MESSIANISME COMME RÉPONSE À L'ANTISÉMITISME. *Études du CRIF* n° 33, décembre 2014

DU JUSTE AU SAINT. RICŒUR, ROSENZWEIG ET LEVINAS, Desclée de Brouwer, 2013

LES ÉCRIVAINS FRANÇAIS DU XXe SIÈCLE ET LE DESTIN JUIF, *Études du CRIF*, n° 23, 2012

GANDHI. L'ANTI-BIOGRAPHIE D'UNE GRANDE ÂME, Hermann, 2011

ENTRETIENS AVEC EMMANUEL LEVINAS, édition complétée, LGF, 2010 (« Biblio Essais »)

MALRAUX, LE MINISTRE DE LA FRATERNITÉ CULTURELLE, Kimé, 2009

WIESEL CE MÉCONNU précédé de ENTRETIENS 1984-2000, Parole et Silence, 2008

MALRAUX ET LES JUIFS. HISTOIRE D'UNE FIDÉLITÉ, Desclée de Brouwer, 2008

ANDRÉ MALRAUX OU LA CONQUÊTE D'UN DESTIN, Bernard Giovanangeli Éditeur, 2006

SUR LE CHEMIN DE JÉRUSALEM, Parole et silence, 2006

ROMAIN ROLLAND, ANDRÉ MALRAUX ET LA PASSION DE L'INDE, Vézelay, Études rollandiennes, 2005

MALRAUX. LA RECHERCHE DE L'ABSOLU, La Martinière, 2004

« LA CONDITION HUMAINE » ET LE TEMPS. Dialogue avec Élisabeth Badinter, Jacques Attali, François Gros, Lama Jigmé Rinpoché, Dervy, 2001

DE LA MÉMOIRE À LA RESPONSABILITÉ. Dialogue avec Geneviève de Gaulle Anthonioz, Emmanuel Levinas, Edgar Morin, Dervy, 2000

LE MAL ET L'EXIL. DIX ANS APRÈS, avec Elie Wiesel, Nouvelle Cité, 1999

ELIE WIESEL. L'HOMME DE LA MÉMOIRE, Bayard Éditions, 1998

LE PARDON, avec Xavier de Chalendar et Nassib Mahfouz, Centurion, 1992

« PAUL RICŒUR ET L'ACHEMINEMENT VERS LE SOI ». Entretien avec Paul Ricœur. *Bulletin du Centre protestant d'études* (Genève), novembre 1991, 43/7, 7-9

LE MAL ET L'EXIL, avec Elie Wiesel, Nouvelle Cité, 1988

NOTRE MALRAUX, avec François de Saint Cheron, Albin Michel, 1978

Direction d'ouvrage

MALRAUX ET L'ART, actes du colloque de l'INHA (2012), *Revue André Malraux Review*, University of Oklahoma, 2014

MALRAUX ET SES HARMONIQUES JUIVES, *Perspectives*, Jérusalem (codirection), 2012

DICTIONNAIRE ANDRÉ MALRAUX, sous la direction de Janine Mossuz-Lavau, Michaël de Saint Cheron, Charles-Louis Foulon, CNRS Éditions, 2011

ELIE WIESEL. EN HOMMAGE. Mélanges réunis par Ariane Kalfa et Michaël de Saint Cheron, Éditions du Cerf, 1998

ELIE WIESEL. UNE PAROLE POUR L'AVENIR, actes du colloque de Cerisy-la-Salle, Odile Jacob, 1996